TELMA GUIMARÃES

Ilustrações
Claudia Scatamacchia

A PORTA DO MEU CORAÇÃO

Coleção Jabuti Vida

6ª edição
10ª tiragem
2021

Editora Saraiva

Editora Saraiva

Avenida das Nações Unidas, 7221
Pinheiros — CEP 05425-902
São Paulo — SP
Tel: (011) 4003-3061
atendimento@aticascipione.com.br
www.aticascipione.com.br

Editora: CLAUDIA ABELING-SZABO
Suplemento de trabalho: MARCIA MAISA PELACHIN
Preparação de texto: CARMEM TEREZA SIMÕES COSTA
Revisão: HÉLIA DE JESUS GONSAGA (ger.),
KÁTIA SCAFF MARQUES (coord.),
ROSÂNGELA MURICY (coord.),
ANA PAULA C. MALFA e
BRENDA T. M. MORAIS
Gerência de arte: NAIR DE MEDEIROS BARBOSA
Projeto gráfico: ZIG ZAG
Supervisão de arte: JOÃO BATISTA RIBEIRO FILHO

Dados Internacionais de Catalogação na Publicação (CIP)
(Câmara Brasileira do Livro, SP, Brasil)

Andrade, Telma Guimarães Castro
A porta do meu coração / Telma Guimarães ; ilustrações Claudia Scatamacchia. — São Paulo: Saraiva, 1995. — (Jabuti)

ISBN 978-85-02-01710-8 (aluno)

1. Literatura infantojuvenil I. Scatamacchia, Claudia. II. Título. III. Série.

97-1987 CDD-028.5

Índices para catálogo sistemático:

1. Literatura infantojuvenil 028.5
2. Literatura juvenil 028.5

10ª tiragem, 2021

Impressão e Acabamento: Forma Certa

CL: 810116
CAE: 571379

Para meu filho mais velho, Cleso, que a cada dia também abre novas portas, lindos caminhos... Com carinho.

"No coração das pessoas sensatas mora a sabedoria."
Provérbios 14,33

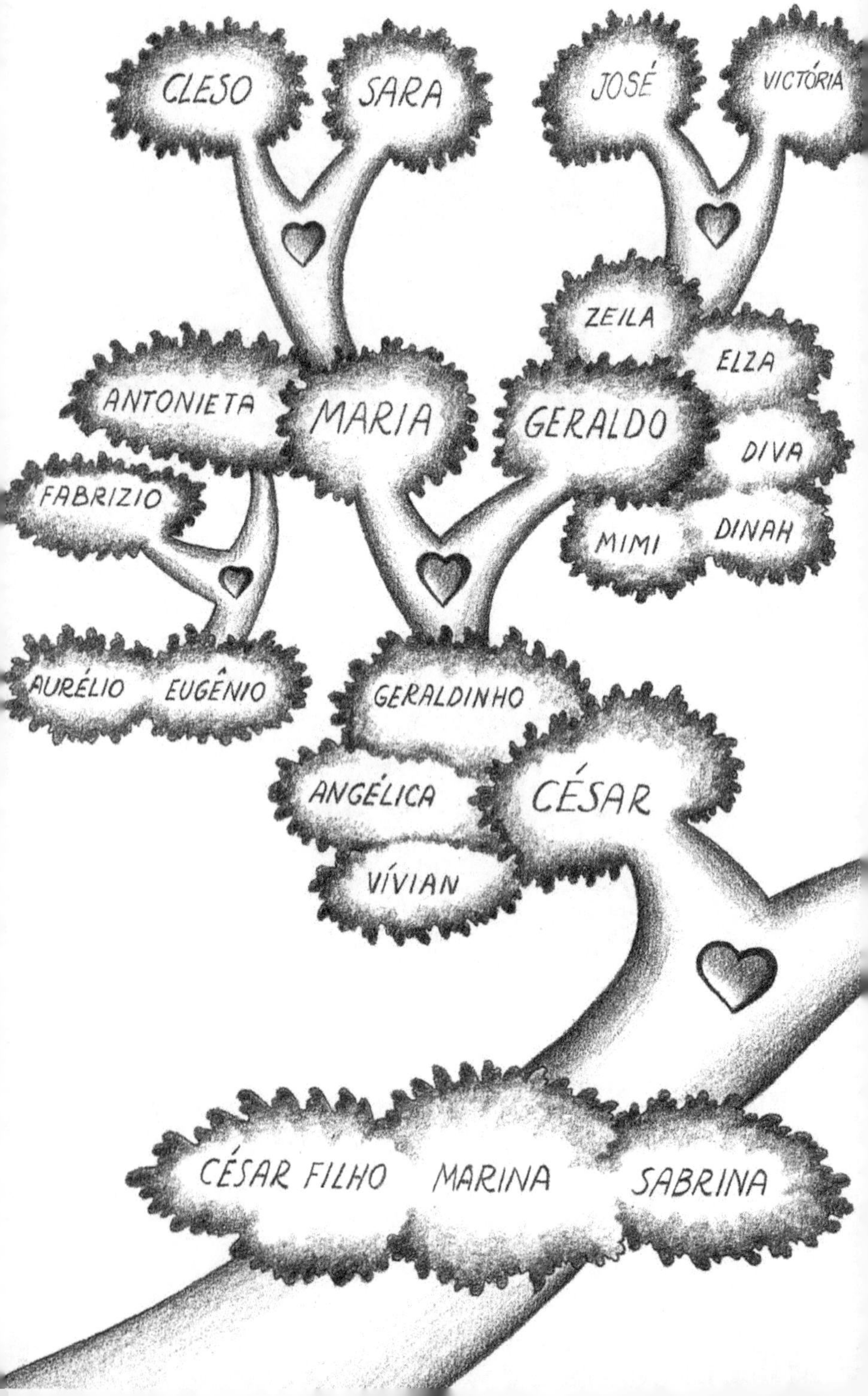
CLESO
SARA
JOSÉ
VICTÓRIA
ZEILA
ELZA
ANTONIETA
MARIA
GERALDO
DIVA
FABRIZIO
MIMI
DINAH
AURÉLIO
EUGÊNIO
GERALDINHO
ANGÉLICA
CÉSAR
VÍVIAN
CÉSAR FILHO
MARINA
SABRINA

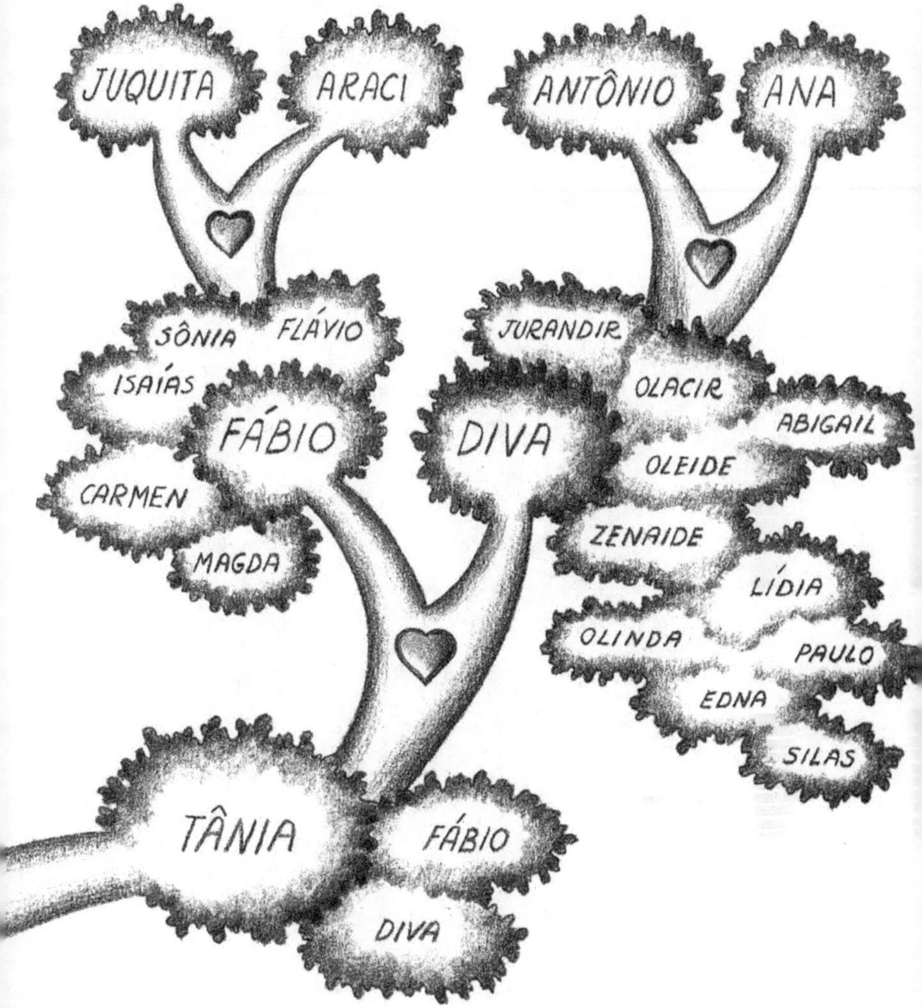
JUQUITA
ARACI
ANTÔNIO
ANA
SÔNIA
FLÁVIO
ISAÍAS
FÁBIO
DIVA
JURANDIR
OLACIR
ABIGAIL
OLEIDE
CARMEN
ZENAIDE
MAGDA
LÍDIA
OLINDA
PAULO
EDNA
SILAS
TÂNIA
FÁBIO
DIVA

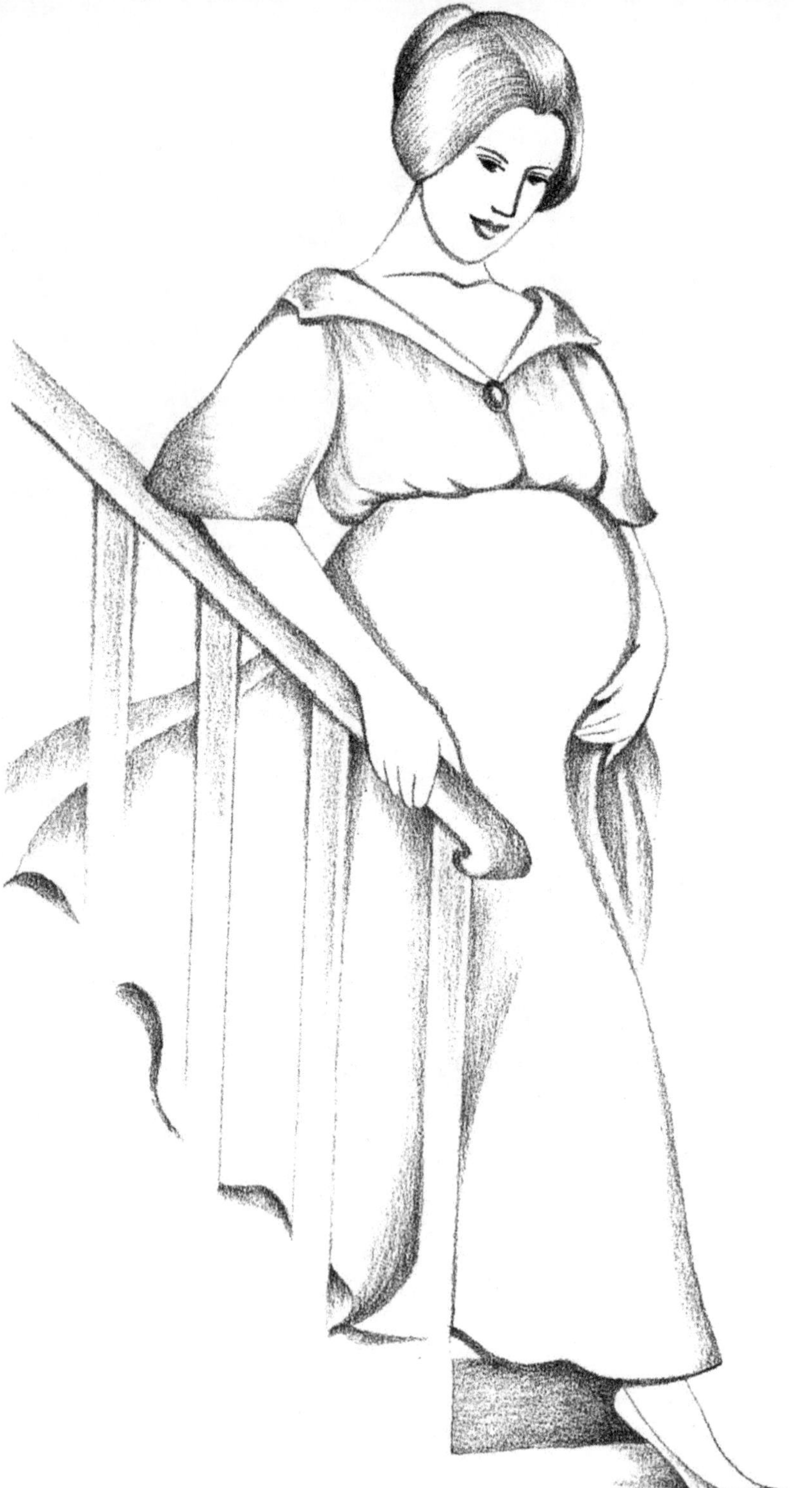

Toda casa tem um teto

A casa de número 102 da rua Emilia de Paiva Meira nunca desabara porque era sólida como uma rocha. Para falar a verdade, era sólida como a união das pessoas que a construíram: doutor Geraldo e dona Maria. Quando eles a idealizaram, há cinquenta anos, verificaram detalhe por detalhe.

O bairro era o Cambuí. A cidade, Brilhantina. O ano, 1941.

Doutor Geraldo era médico oftalmologista, na época em que oftalmologista também socorria apertos no peito, gripe de criança, dando até pontos em joelhos travessos de grandes e pequenos.

Bons tempos aqueles em que se podia tomar café sossegado, ir andando calmamente para o consultório, voltar para o almoço e ainda tirar uma pestana.

Os dois foram tendo os "filhos-escadinha": primeiro veio a Vívian, depois a Angélica e então o Geraldinho.

Quando dona Maria estava esperando o quarto filho, levou um tombaço na escada do sobrado, rolando com o barrigão, barrigão com o caçula dentro.

Sabe o que aconteceu? Nada. Pura sorte, né?

Dona Maria diz até hoje que seu "filho-escadinha" nasceu forte e sacudido.

Quando o César (esse da escada) nasceu, a Vívian tinha quatro anos, Angélica três, Dinho (o Geraldinho) dois. Uma verdadeira tropa. De choque.

As meninas dormiam no quarto maior do sobrado; os meninos, no quarto da frente; o pai e a mãe, no quarto de trás, o que tinha um arco no meio e um pequenino compartimento de vestir, mais tarde transformado em rouparia.

Naquela época era costume ter só um banheiro na casa. Dai a fila e a briga para entrar, pois o banheiro, apesar de grande, acomodava só um de cada vez.

Angel, sai dai!

De jeito nenhum! Quer parar de gritar?

QUEM ESTÁ GRITANDO??? — Vívian se esgoelava.

Apenas crianças de antigamente, gritando exatamente como as de hoje.

De vez em sempre dona Maria ficava com os cabelos em pé devido às bagunças das crianças. Arrumava os quatro e a babá das crianças batia em retirada para a casa dos avós, para que a patroa pudesse pôr "ordem no galinheiro".

O avô, seu Cleso, era um próspero proprietário de uma casa de comércio chamada Livro Azul. Lá vendia-se tudo: artigos de papelaria, cristais, pianos alemães.

A avó, dona Sara, era dona de casa como todas as mulheres na época.

Os dois tinham mais uma filha — Antonieta, mais nova que Maria —, que, casada com um italiano, Fabrizio, fixara residência em Bérgamo, Itália.

A casa da dona Sara e seu Cleso era enorme. Construíram no quintal, especialmente para as filhas quando pequenas, uma linda casinha de bonecas e vários balanços nas árvores, que agora tinham sido reforçados para os netos.

Cada um dos netos se interessava por uma coisa: Vívian e Angel pela casinha de bonecas. As duas passavam horas brincando de mamãe e filhinha, para o sossego da mãe. Dinho subia nas árvores, caía a toda hora do balanço e vivia correndo atrás dos gatos (eram oito). César, menorzinho, passava horas e horas andando aos tropeções pelo jardim chutando uma bola de meia — isto quando não mexia nas aquarelas do avô.

Os avós, olhando a algazarra dos netos, sentiam uma pontinha de tristeza. Dos netos na Itália só tinham... fotos.

Tias que davam sossego

Dona Maria não chegara a conhecer os sogros. Quando se casou, os pais do marido já tinham falecido.

Doutor Geraldo tinha cinco irmãs: Mimi, Diva, Dinah, Elza e Zeila.

Diva e Dinah, que moravam a poucos quarteirões da casa de Maria, eram loucas pelas crianças.

Nos sábados de manhã os quatro rumavam para lá, depois de um bom banho e de mil recomendações.

As duas, solteiras, esperavam ansiosas pelos sobrinhos.

— Vai mais uma fatia de torta de maçã? — Diva oferecia.

— Comam esse docinho de coco! — Dinah sugeria.

Imagine se precisavam insistir. Os quatro devoravam tudo e mais um pouco. Depois corriam para a ruazinha, onde brincavam e divertiam-se a valer com a molecada da vizinhança.

Enquanto ficavam por lá, a mãe aproveitava o sossego para colocar as roupas em ordem, cerzindo os buracos das calças e vestidos das crianças.

Eram devolvidos após o jantar, já de banho tomado e penteados. Uma bela mordomia.

Não eram muitos, não. Existiam poucas casas na rua.

Todas as crianças se reuniam para brincar na rua: bicicleta, pé na lata, pega-pega, bolinha de gude, pipa, bilboquê, queimada...

Todo ano, o casal de vizinhos da frente se encarregava da malhação do Judas. A mulher, dona Augusta, fazia o boneco bem grande. O marido, o doutor Simão, pendurava-o no ipê-amarelo da frente da casa e chamava todas as crianças da rua para dar uma mãozinha na malhação. Primeiro fazia a leitura do "testamento" do Judas:

— "Eu, Judas, deixo em testamento os seguintes legados: meu chapéu, a gravata, a camisa, o paletó, o par de meias, a calça, a ceroula, o lenço, a flor da lapela, o suspensório, o cigarro de palha, os óculos, e, finalmente, a caixinha de fósforos que está no bolso do paletó".

— Podem começar a malhar... E se algo sobrar, podem também levar! — arrematavam doutor Simão e dona Augusta.

Era a maior malhação. Uma curtição para todas aquelas crianças.

Criança dava trabalho?

Dava. Era o que dizia dona Maria.

Ninguém conseguia fazer que comessem em silêncio... E nem que comessem o que Zulmira fazia de diferente.

— Come o fígado, Dinho.

— Ih, mãe... Parece que ele tá olhando pra mim!

— O frango está macio feito um coelhinho, César.

— Se for coelho do quintal, eu não como, não!

— Angel, deixa eu ajeitar essas tranças...

— Mãe, eu já dei uma cortadinha nelas... Cortei pouco?

— Cadê seu lanche da escola?

— Já comi... A senhora faz outro?

— Vívian, cadê a boneca nova que ganhou da tia Dinah?

— Troquei por um jogo de damas. Não é bacana? O doutor Simão achou!

Doutor Simão e dona Augusta achavam "tudo bacana". Principalmente um gato que criavam — o "seu Ernesto".

Até que um dia o gato sumiu e tiveram de colocar um anúncio no jornal, prometendo uma boa recompensa para quem o achasse.

Foi César quem o encontrou. Ele estava meio morto. Tinha sido atropelado perto do córrego.

Não querendo pegar o gato com medo de machucá-lo ainda mais, foi para casa correndo, apanhou seu carrinho de pedreiro e voltou para o córrego. Amarrou um barbante no rabo do gato e levantou o bichano como um guindaste, colocando-o dentro do carrinho. Pelo caminho, encontrava a molecada que ia fazendo barulho de sirene de ambulância, abrindo espaço entre as pessoas da rua, para chegar mais rápido até a casa do doutor Simão.

— Doutor Simão — César falou quase sem fôlego —, achei o seu Ernesto. Acho que ele ainda está vivo! Vou ganhar a recompensa?

César recebeu uma bela recompensa!

A mãe ia até passar um pito no filho por ter ido ao córrego sozinho, mas ela e o marido acabaram por achar graça.

O Rei do consultório e a Rainha do lar

Doutor Geraldo era pau para toda obra mesmo. Mal tinha acabado o jantar, arrumou o quartinho do fundo e tratou de recuperar seu Ernesto.

Juntou vizinho e molecada de tudo quanto era canto.

Doutor Simão e dona Augusta mais gritavam que ajudavam.

— Escolhi a psiquiatria porque nem posso ver sangue!

— Calma, Simão... Sangue é sangue!

— Mas é sangue do seu Ernesto... É diferente!

A cirurgia foi um sucesso entre a garotada. E um sucesso para o gato também.

Dona Augusta, em agradecimento, passou o resto do mês trazendo docinhos e salgadinhos para a família do doutor Geraldo.

A rainha do lar, além de cuidar dos filhos e da casa, também quebrava o galho em pequenas cirurgias — mesmo que fossem realizadas em gatos...

Era de família

As crianças não cabiam em si de contentes.

Os primos, tia Antonieta e tio Fabrizio estavam chegando da Itália. O navio desembarcaria em Santos e todos iriam até lá para esperá-los.

As meninas estavam muito bem-arrumadas em vestidos brancos, cheios de laçarotes. Os meninos de terno curto e gravatinha-borboleta.

Assim que o navio apitou, foi aquela festa.

Desce tio, desce tia, primos.

Abraços, choro, mais abraços.

Mas nada de os primos falarem um "a" em português.

Tia Antonieta trouxera toda a bagagem, incluindo oito gatos, dois cachorros e um papagaio (o mesmo que havia levado do Brasil).

O marido insistia:

— *Ma Nieta, Nieta, per favore, lascia stare l'animale. O loro o io.*

Não houve dúvida. Ela ficou com os bichos e o marido, enquanto Aurélio Cleso Antônio (a junção dos nomes dos avós) e Eugênio César Augusto (a junção dos nomes de outros avós) tentavam se comunicar com os primos.

Iam ficar definitivamente no Brasil, só que em São Paulo, onde o pai iria tomar conta de um pequeno hotel que acabara de comprar. Sem bichos

Nesse quintal tem até onça

Primeiro César ganhou um casal de coelhos da madrinha. Depois veio Angel com duas gaiolas de canários que comprou com o dinheiro da mesada.

Daí Vívian ganhou um cachorro a quem deu o nome de Bob, e Dinho começou uma coleção de peixes.

Coelho multiplica-se rapidinho. O puxado do quintal virou então uma coelheira.

Esse é o Branquinho, aquele é o Assanhado, o menorzinho é o Pituco.

Depois de alguns meses, Dinho desistiu de dar nomes. Eram tantos, que não sabia mais quem era quem.

Angel tinha tamanha paixão pelos canários, que pedia, na maior cara de pau, canarinhos de presente para quem quer que fosse.

O quartinho de passar roupa acabou virando quartinho de passarinhos.

Não quero passar alpiste, só quero passar as minhas roupas — Zulmira reclamava. — O alpiste dos passarinhos cai bem em cima da minha mesa de passar roupa.

— Mãe, achei uns ovos. Vai nascer canarinho?

— Pintinho é que não vai ser, não é?

— Nasce pelado feito gente?

— É... Depois as peninhas vão crescendo.

E os passarinhos iam nascendo.

— Credo, pai... Eles são cor-de-rosa e têm olho bem roxo!

De duas, as gaiolas passaram a quinze. Ainda bem que as crianças acordavam cedo, pois a canariada cantava a partir das seis.

César logo inventou de ter, afora os coelhos, mais um bicho: um papagaio. Quem providenciou foi a madrinha, lógico. César ficou feliz da vida. Tratou de realizar o batizado do papagaio, e para isso chamou logo toda a vizinhança.

Quando dona Maria chegou da quitanda, bem de tardezinha, achou que tivesse acontecido alguma desgraça em casa, pois havia uma verdadeira multidão de crianças no jardim, correndo pela sala, abrindo porta de geladeira, de armário, latas de biscoitos.

Angel, Vívian, César e Dinho tinham arranjado uma mesa com toalha branca, uma concha de prata, uma sopeira de porcelana inglesa (Socorro!) e jogavam, com o auxílio dos amigos, água no recém-batizado Orlando. E lá ia água na cabeça do papagaio. Numa bacia de cozinha, ao lado da mesa, um monte de dinheiro miúdo.

— O que está acontecendo aqui, gente?

— Nós pagamos pra ver
o batizado do Lando, tia Maria
— respondeu um dos convidados.

— É, todo mundo pagou.
Agora a gente tem o direito
de jogar água nele
— arrematou um outro.

Mais tarde, o pai fez César devolver todo o dinheiro à molecada... Mas não conseguiu esconder a cara de riso.

Sabe onde ficava o aquário do Dinho? Bem no quarto dos passarinhos. O pai, para a sorte do filho, adorava os peixes. Montou para ele uma maternidade dentro do aquário para que os filhotinhos não fossem comidos pelos próprios pais.

— Geraldo, plena madrugada e vocês dois aí tomando conta dos peixes?

— Vai deitar, Maria. Tá nascendo um atrás do outro. Isso aqui vai demorar.

Muitas vezes o "vai deitar, Maria" não adiantava. Ela, de camisola e robe, acabava ajudando o marido e o filho. Por fim, os outros três acordavam com o "segura, pai" e passavam a madrugada acordados.

Assim que os peixinhos iam nascendo, eram passados da maternidade para um aquário especial.

Uma vez, na ausência dos pais, César resolveu cortar os rabos dos peixes — "para ver se nasciam de novo", feito rabo de lagartixa. A mãe, quando viu, teve um ataque.

— Por que você cortou?

— Pra ver se nasciam de novo, mãe!

E lá foi um tapa no bumbum, lugar mais macio de se bater, quando não tem outro jeito.

Mas que os rabos cresceram de novo, ah, isso cresceram!

Afora os bichos, uma outra coisa de que gostavam muito era de ir ao cinema. A mãe, então, mais ainda.

Um dia levou os quatro para assistir *...E o vento levou*. Mais ficou correndo atrás deles pelo cinema — queriam xixi, água, dropes — do que viu Scarlett e Rhett aos beijos. Saíram do cinema debaixo de uma supertempestade com direito a ventania.

Uma triste coincidência ao chegar em casa:

"E O VENTO LEVOU ORLANDO!"

Dona Augusta, com a ajuda da Zulmira, bem que tentara segurá-lo, mas a ventania era forte e Orlando, meio desacostumado a voos imprevistos, foi levado pelo vento.

Muito choro, muita vela e promessa. Até que...

— Tem um homem lá fora com uma oncinha, Geraldo.

— Oncinha? Casaco de oncinha?

— Não! Oncinha mesmo! Tem urna carinha simpática que só vendo!

A oncinha era uma "onçona" e tinha um machucado grande no olho direito. Veio trazida pelo proprietário do circo, que achara mais acertado levá-la a um oftalmologista.

— Nunca pensei em ser oftalmologista de onça — doutor Geraldo falou.

— Pai, agora a gente vai ficar com ela? — as crianças arriscaram.

— De onça eu não cuido — afirmou Zulmira, com as mãos na cintura.

— Já ternos quatro "cri-onças"! Mais uma eu não aguento! — a mãe exclamou.

Feito o curativo após uma outra anestesia, segura aqui, amarra mais um pouco, a onça foi carregada para o caminhão com o auxílio de quatro funcionários do circo.

Quem disse que nesse quintal não ia ter onça um dia?

O caso do estilingue

De manhã, um sossego. Os quatro iam ao colégio Progresso de Hoje, que ficava exatamente na ruazinha de trás.

Pão com bife, suco de carambola, ameixa da ameixeira do quintal. Iam sozinhos, uniforme azul-marinho e branco — *short* para os meninos e saia pregueada para as meninas.

De tarde, uma luta. Era lição de um lado, tabuada do outro, banho, estilingue.

— Dona, fui atingido na cabeça por uma estilingada que veio da sua janela.

— Moço, tem certeza que foi daqui mesmo?

A mãe olhou para o alto do sobrado.

Silêncio.

— Desçam os quatro, já!

Dona Maria procurou acomodar o homem no sofá e em seguida tratou de telefonar para o marido.

Os filhos desceram em fila indiana, mudos.

Dona Maria estava branca.

— Sentem-se os quatro.

Um mais quieto que o outro, os quatro sentaram-se à mesa da copa.

— Quem deu uma estilingada pela janela que acertou um homem que estava passando?

Angel, Vívian e Dinho balançaram a cabeça fazendo que não.

— Foi você, César?

— Foi, mãe. Mas não foi por querer. Eu só ia estilingar

no coqueiro do doutor Simão pra ver se caía coquinho... Eu não vi nenhuma gente passando!...

O castigo ia ter de ficar pra depois.

O pai chegou esbaforido, levando um baita susto ao dar de cara com um homem gemendo no sofá da sala.

Sorte ter trazido a maletinha do consultório: quatro pontos na testa, mil desculpas para o "estilingado", e o castigo para o "estilingueiro".

— Que castigo, pai?

— Varrer o quintal e a frente por um mês!

Mudança nem sempre é mudança

— Maria, vi uma casa na Antônio Lapa, sobrado, bem maior que o nosso. Está à venda por um bom preço.

— Sair daqui? Ih, dá uma preguiça...

— A casa está ficando pequena pra quatro filhos... Ainda mais com esse quintal cheio de bichos... Vamos pelo menos espiar?

Foram.

O sobrado era lindo. Quintal enorme, cheio de jabuticabeiras; na frente da casa, três ipês, cada um de uma cor: amarelo, branco, roxo. Um quarto para cada filho, mais o do casal, dois banheiros no corredor, e para a alegria da dona Maria, uma saleta para pintura.

Os filhos corriam contentes.

— Vamos poder pintar o sete, né, mãe? — gritou o Dinho.

— Não. Só o quatro! — riu a mãe.

Negócio fechado.

A mudança parecia um verdadeiro circo. Primeiro foram os coelhos, os passarinhos, os peixes e o Bob. Depois foram os móveis.

Os filhos estavam adorando a mudança. O pai também. A mãe ficou meio jururu. Despediu-se da casa uma porção de vezes, chorou, despediu-se dos vizinhos, chorando mais ainda.

— Bem, seis quarteirões de distância... Praticamente continuamos vizinhas — arriscou uma das amigas, consolando-a.

Tudo bem. Nesse Natal já estariam de casa novinha em folha.

Enquanto Zulmira ia ajeitando as coisas na casa nova, dona Maria corria atrás dos presentes.

As compras de Natal eram bem fáceis de fazer. Uma boneca nova aparecia nas lojas e era sucesso durante o ano inteiro. Para os meninos, um carrinho novo. É claro que uma bicicleta nova para substituir a antiga, já enferrujada, também poderia entrar na lista dos presentes. Uma roupa era sempre bem-vinda: meias e sapatos para os meninos, calcinhas e camisolas para as meninas. Era dar uma espiada na loja do centro para ver quais eram as novidades e pronto. Quanto às roupas, mais fácil:

— Seu Salim, dá pra mandar uns pares de sapatos e meias brancas para os meninos?

— Bois não, dona Baria. Salim banda entregar.

Desligava o telefone e dai a uns dez minutos o entregador trazia caixas e caixas de sapatos, amarradas no banco de trás da bicicleta, bem ao gosto do freguês. Além disso, ele costumava enviar, por conta própria, sapatos e bolsa combinando, para dona Maria, calções para os moleques e até os vestidos das meninas. Marcava na caderneta e doutor Geraldo, no fim do mês, acertava as contas.

— Compra tudo num lugar só, Maria. Não gosto de prestações.

— Já sei, já sei. Conta só no seu Salim.

Natal sem pinheiro, nem pensar. Sem enfeites, menos ainda. Entre um ipê e outro, do jardim, havia um pinheirinho. Enfeitaram o pinheiro com luzinhas coloridas para aquele que seria o seu primeiro Natal na casa nova.

Papai Noel escondeu cuidadosamente os presentes pelo jardim.

Na manhã do dia vinte e cinco, aquela correria.

César ganhou uma bicicleta. Esta era a sua primeira bicicleta de primeira mão. As outras, passadas dos mais velhos para os mais novos, recebiam uma demão de tinta numa outra cor, indo parar sempre com o caçula.

Enfim, um brinquedo apenas para cada um. Uma festa. Todos ainda meio acreditando em Papai Noel.

Depois dos presentes, iam para a casa do avô Cleso, onde todos os parentes se reuniam para o almoço.

Tudo na paz de criança gritando, brincando, desembrulhando presente e, principalmente, comendo.

— Apareceu um amigo meu interessado em alugar o sobrado da rua Emília, Maria. Paga bem que só vendo.

— Que bom!

— Já combinamos o aluguel. Com o dinheiro, a gente pode comprar uma casa em Itanhaém. O que acha?

Não demorou muito e ele comprou mesmo. Era uma casa bem simpática, pertinho da casa do cunhado.

Era muito difícil o doutor Geraldo tirar férias. Levava a família, voltava para o consultório e retornava para Itanhaém nos fins de semana.

Lá, dona Maria ficava quase louca sem telefone. Como entrar em contato com o marido numa emergência?

Foi assim que dona Maria e o doutor Geraldo resolveram fazer um curso de radioamador. Graças ao curso, conseguiu ajudar muita gente, quando um desabamento isolou a cidade, se comunicando com o marido para prestar informações aos desabrigados.

Alugar o sobrado fora realmente um bom negócio!

Ladrões de quintal

Se existiam? Existiam.

Um dia, a vizinha à esquerda da dona Maria, ao avistar um vulto pela janela da cozinha, berrou:

— Socorro! Ladrão! Pega!

Todo mundo saiu na rua. Eram oito horas da noite.

Na casa do doutor Geraldo, os quatro filhos já estavam até de pijama.

Corre-corre. Mãe guardando filho, trancando porta e janela.

Os homens da vizinhança saíram em disparada atrás - do gatuno. E não é que conseguiram agarrá-lo?

O molecote havia furtado um pijama de bolinhas, uma camisola, três cuecas samba-canção, um corpete, uma anágua, uma calcinha, um paletó e dois vestidos.

Bob, o cachorro — aproveitando que o doutor Geraldo, na pressa em acudir os vizinhos, deixara o portão escancarado —, fugiu. Ninguém soube mais dele.

Bem, ainda restavam, para consolo de todos, trinta e quatro gaiolas de canários, quatro aquários e vinte e oito coelhos.

Mudança de colégio

Quiseram estudar num colégio novo que acabara de ser inaugurado na cidade.

De novo uniforme para os quatro, lanche para quatro, material para quatro, jeito nos quatro.

Sorte que saíam às oito, almoçavam no colégio e voltavam às quatro, de perua. Para que o lanche? Para comer na perua, ora!

Na segunda semana de aula, a mãe recebeu uma cartinha: reunião com o diretor do colégio, a respeito do César. "Urgente."

Ligou para o marido. A secretária, a mesma que o acompanhava havia onze anos, atendeu.

— Doutor Geraldo está operando, dona Maria.

Que remédio... Teria que tomar um táxi.

Foi voando para o colégio. Voando, não. Foi em partes. O motorista precisou parar o carro duas vezes para trocar o pneu.

Toda esbaforida, entrou na sala do diretor.

— Dona Maria, precisar dar jeito no César.

— Mas o que foi que ele fez?

— Enquanto eu dar aula de *English*, ele imitar pato *all time*. Pedir para não imitar pato. *Students* rir e mim não ensinar *nothing at all*.

— Ora, irmão Pedro, me tirar de casa, no meio do almoço, para dizer que o César imita pato? Em casa ele não imita nada. Nem o canto dos canários. Saí correndo, de táxi, preocupada, para ouvir isso?

Quem acabou levando um pito foi o irmão. E não foi de pato. Foi da "mãe do pato".

É claro que, em casa, ela deu uma bela bronca no César.

— Tá bom, mãe. Não imito mais pato.

Não passou nem um mês e outro bilhete: "César imitar galinha. Tomar providência".

Mais outro depois de dois meses, do professor de música, sobre os quatro: "Angélica não quer cantar; Vívian atrapalhando os colegas; Dinho quebrou a vidraça da sala de música; César quebrou a maçaneta da sala de música".

Duas vias-sacras: colégio e o mesmo motorista.

Irmão Pedro de novo.

— Qual o problema se Angélica não quiser cantar? Ela é meio tímida.

— Mas Vívian cantar alto demais.

— Uma não canta, a outra canta muito. O que eu faço, irmão?

— César continuar cantar agora imitando *chicken* e quebrar maçaneta da porta. Dinho não cantar nada, mas quebrar vidraça.

— Não sei o que fazer, irmão.

— Eu vai dar castigo no *weekend*.

— Que castigo? — a mãe estremeceu.

— Os meninos ajudar carregar tijolo na *new building*. As meninas costurar cortinas... E precisar cantar, *madam*.

Se o diretor achou que aquilo fosse castigo, estava "*all wrong*".

Dinho e César adoraram carregar os tijolos. Havia pelo menos mais quinze moleques fazendo o mesmo trabalho. Cada um pagando a sua dívida. As meninas fizeram as barras das cortinas, junto com outras doze fugitivas das aulas de religião e educação física.

Até que todos contribuíram bastante. A molecada gostou tanto que passou a ir de livre e espontânea vontade ao colégio nos fins de semana para ajudar na construção do prédio novo.

César continuou a imitar bichos na aula. Não tinha jeito mesmo.

E iam crescendo... Não muito!

Sorte! Nenhum deles havia repetido de ano.

O tempo passava... e iam crescendo.

— Doutor, a Angel está muito alta. Tem dezesseis anos e está da altura do pai. O César, meu caçula, está muito baixinho!

Doutor Eduardo, achando graça, perguntou:

— A senhora pensa que eu vou fazer o milagre de encolher uma e esticar o outro? O César não pratica esportes? Isso sim é bom para crescer.

Praticavam, sim.

Para falar a verdade, não saíam do clube, que ficava bem pertinho da casa.

César acabou crescendo sozinho, sem precisar de remédios.

A turminha da rua Emilia de Paiva Meira e a da Antônio Lapa era a mesma do colégio. Em suas conversas surgia sempre a mesma pergunta: "O que você vai ser quando crescer?".

Mais crescidos, já iam se definindo por esta ou aquela profissão...

E todos mais ou menos do mesmo tamanho.

Quem vai... Quem fica

Vívian escolheu Assistência Social. Passou. Ia cursar a faculdade da cidade mesmo.

Angel sempre quis morar em São Paulo. Achava sua cidade pequena demais.

Geraldinho, o Dinho, partiu no ano seguinte para a faculdade de Direito, ali mesmo em Brilhantina.

Vívian já estava se formando em Assistência Social quando César, depois de rachar um ano de cursinho, passou no vestibular para Medicina.

— Marinópolis?

— É, pai! Você não tá contente?

No fundo, no fundo, ele estava.

E lá foram todos para conhecer a cidade, visitar a faculdade e o lugar onde o caçula iria morar.

Uma filha e um filho em Brilhantina, a outra filha em São Paulo, o caçula em Marinópolis.

Cada um era de um lugar. Cada um ganhou um apelido. Bicho era bicho. Ainda bem que os pais não viram o trote.

— Vai ter de raspar tudo? — César perguntou.

— Já raspamos! — a moçada avisou.

Por cima da careca, o ovo, a farinha, o açúcar, o mel. Um verdadeiro desperdício... Uma verdadeira meleca de bicho.

Além do trote, roupa de mulher, peruca, salto alto com meia branca, remédios para creche pedidos de casa em casa.

César se ajeitou num sobrado da avenida principal da

cidade com outros seis rapazes da faculdade. Dividiam quarto, comida, aluguel, empregada.

Dona Du — a única que conseguira ficar por mais tempo na república — cuidava de seus "menininhos" como se fossem seus mesmo. Era especialista em pastéis. Mas era só. Foi a partir daí que passaram a se virar na cozinha.

O pai pagava a faculdade e ainda mandava uma boa mesada para abastecer o caçula. Mas não eram todos os pais que conseguiam enviar dinheiro para os filhos. Alguns passavam por apertos.

A cada feriado que César passava com a família, levava para lavar em casa meias e cuecas das mais variadas marcas... Menos as dele.

— Filho, cadê as meias que bordei?

— Devem ter ido pra casa do Camarão, mãe. Não esquenta!

O pai achava graça. República era assim mesmo.

Num desses feriados, César ganhou seu primeiro carro.

— Puxa, pai... Um fusca!

E voltou para Marinópolis, carro equipado com gravador e mil fitas: Johnny Rivers, Beatles, Vinicius e Toquinho, Burt Baccarah. No banco de trás pacotes e pacotes de guloseimas da avó, tias, irmã e mãe.

Mickey, um dos "formigas" da república, costumava avançar no carro do César para pegar uns docinhos... Mas quem avançou contra eles, um dia, foi a polícia.

— O que os meus "menino" fizeram? — dona Du interferiu.

— Recebemos uma queixa da vizinha. Parece que fizeram guerra de água no quintal.

— E qual o "probrema", seu guarda? O senhor nunca foi moço?

— É que estavam só de cuecas!

— E o senhor preferia eles "pelado"?

— A vizinha reclamou que as filhas viram tudo, minha senhora — o guarda continuou.

— E quem manda elas ficarem olhando? Aposto que nem fecharam as "janela"!...

Não adiantou. Os "menino", ao chegarem da faculdade, acabaram discutindo com o guarda, que os enfiou num camburão rumo à delegacia.

Um telefonema para o pai da namorada do César — o doutor Fábio — era a última esperança para os bagunceiros.

Advogado conhecido na cidade, muito conceituado, doutor Fábio bateu um papo com o delegado de plantão. Algumas dessas autoridades policiais inclusive haviam sido seus alunos na faculdade de Direito.

— A responsabilidade vai ser sua, doutor Fábio.

— Pode deixar. Os meninos ficam por minha conta. Mas ai deles se saírem da linha!

E acabaram ficando por conta dele mesmo!

É aqui que eles entram

Fábio era filho de Juquita e Araci. Tinha cinco irmãos: Flávio, Isaías, Carmen, Magda e Sônia.

Custara muito ter feito a faculdade de Direito. Naquele tempo, as faculdades ficavam nas capitais; assim, para frequentar as aulas ele era obrigado a passar a semana em Niterói, enquanto a esposa e os filhos permaneciam na cidadezinha.

Enquanto livrava a barra do seu talvez futuro-genro-médico — o César — e a de seus amigos, lembrou de suas próprias aprontações na faculdade.

Naquele tempo, a coisa mais chique que faziam, à tarde, era tomar um café na Confeitaria Colombo, no ponto mais central do Rio de Janeiro.

Lugar fino, era ali que aconteciam os namoricos, por onde as moças desfilavam as suas toaletes impecáveis e os homens vestiam os seus ternos de linho cento e vinte.

Enquanto a maioria dos rapazes ficava flertando com as moças, ele, Fábio, casado, estava mais interessado em pregar peças nos amigos mais desavisados: desrosquear as tampas dos açucareiros de forma bem natural... e esperar para morrer de rir quando um ou outro fosse se servir de açúcar. Era uma bela meleca todo aquele açúcar caindo em cima do chá ou do café do cidadão...

Bons tempos aqueles em que as brincadeiras eram mais inocentes!

— De quem é este sapato aqui? — o delegado resmungou ao achar um pé de calçado dentro do camburão.

É, era dia de reminiscências. Fábio se lembrava das trocas de sapato com a irmã.

Na época da guerra, por exemplo, os seis filhos tinham de revezar os três pares de sapatos disponíveis.

— Passa o sapato, Magda! — Fábio pedia.

— Mas, Fabinho, minhas amigas estão olhando... — Magda reclamava. — Vou embora pra casa a pé?

— Ué, e eu não vim um pedaço a pé também?

Flávio era, talvez, o mais levado.

— Preciso assar um frango! — Exclamara dona Araci.

Os olhos mexiam e as mãos também.

Como pegara o bonde andando, Flávio havia colocado o frango, vivinho, dentro do forno. Aceso. Tudo, é lógico, para ajudar a mãe.

Dona Araci nunca desmaiava. Ameaçava ter um treco, mas ficava ali, firmona, tocando a vida com os seis levados.

Quando Fábio conheceu Diva, a moça mais bonita da cidade, teve realmente o tal do “treco”. Paixão à primeira vista.

A família da Diva

Diva era filha de seu Antônio e de dona Ana — a “Donana”. No total, eram onze irmãos: Abigail, Diva, Edna, Jurandir, Lídia, Olacir, Oleide, Olinda, Paulo, Silas e Zenaide.

Antes de mudar para Marinópolis, moravam em Avencas, num sítio.

Levados? Imagine.

Uma vez uma amiga da Abigail mostrou uma fivela, dessas de cabelo, que acabara de ganhar.

— Você não tem fivela, você não tem fivela — disse, mostrando a língua.

— Caiu sua fivela, caiu sua fivela — riu Abigail, jogando a fivela da menina no riacho.

Tinha choro também. Como, por exemplo, quando Diva ganhou uma boneca e foi dar banho nela. Era de papelão, coitada, e ficou toda mole. Diva chorou muito. Quando Oleide foi vender bananas na cidade e sumiu por um tempão, foi uma choradeira só. Havia também no ar um princípio de choro e desânimo toda vez que Zenaide mostrava aos irmãos, presa no alto do teto do quarto, uma malinha.

— A mãe já encomendou outro?

— Cê não viu a mala do nenê?

A escola era longe. Iam de charrete, alguns matando aula pelo caminho e aprendendo numa escola chamada "escola da vida".

Os mais novos tiveram sorte. Quando Donana e seu Antônio resolveram comprar um hotel em Marinópolis, eles frequentaram a escola da cidade.

Mas, sempre, com muitas artes.

O problemão veio quando, certo dia, seu Antônio disse a Donana:

— Naninha, vamos morar em Brucutuzão do Leste. Já enjoei daqui.

Donana fez um bico deste tamanho. Cansada de tantas mudanças (Antônio adorava desbravar outros lugares), fincou o pé:

— Daqui não saio mais.

Antônio foi sozinho e Donana, para tocar a vida, abriu uma pensão.

Os filhos, aos poucos, iam estudando, casando, e um ou outro se mudando. Como a Lídia, por exemplo, que se casou com um hindu, o Dev Raj.

— Lídia, ouvi dizer que eles comem gente! — chorava Donana.

— Credo, mãe! — Lídia dava risada. — Falta de informação!...

Desculpa de Donana para que Lídia não saísse da barra de sua saia. Ia morar longe, com um hindu vinte e dois anos mais velho. Paixão da Lídia, saudades de Donana.

Quando Fábio casou com a Diva, a família chorou unida. E ficou feliz unida também. Se seu Antônio veio? Veio. Ele aparecia nos casamentos dos filhos, para ver um neto novo, assistir a um batizado...

Fábio, Diva & Cia.

No dia em que Fábio se formou em Direito, nasceu Tânia, sua segunda filha. O primeiro era o Fabinho Filho.

Não deu para estar presente ao nascimento da filha... Fazer o quê?

Quando a Tânia fez onze anos, nasceu uma "raspinha", Diva, a segunda menina do casal.

Nessas alturas, moravam numa casa maior e o doutor Fábio já tinha montado um escritório de advocacia com seus dois melhores amigos.

Juntos, foram crescendo como advogados de renome — nas pequenas, médias e grandes causas. Especializados até mesmo em quebrar galhos em repúblicas.

É aqui que eu entro

Meu nome é Cesinha.

Meu pai se casou com Tânia, a filha do meio do meu querido avô Fábio, aquele mesmo que, nos tempos de faculdade, livrou papai e sua turma de várias enrascadas.

Tem uma porção de gente na minha vida que não cheguei a conhecer: nem Antônio, nem Ana, pais da minha avó Diva; nem Cleso e Sara, pais da minha avó Maria. Também não conheci o pai do meu pai, vovô Geraldo, mas posso contar muitas coisas sobre ele, como contei no começo da história. Sei que ele morreu do coração, quando meu pai ainda estava no quarto ano de Medicina. Chato, né?

Queria ter conhecido todo mundo. Teria gostado de conhecer o pai do meu avô, o bisavô Juquita. Agora, a bisavó Araci eu cheguei a conhecer. Eu me lembro de que me dava balas. Memória boa!

Meus pais namoraram um tempão, acho mesmo que uns seis anos... O tempo da faculdade de Medicina. Depois de formados e casados, vieram para Brilhantina.

Brilhantina agora é uma cidade grande, com duas universidades, dois *shoppings*, entupida de prédios.

Moraram primeiro num apartamento alugado. Mamãe dava aulas de inglês em Louveira e meu pai fazia residência em Jundiá. Oftalmologista, como meu avô.

É lógico que não me lembro de todas as coisas que fazia quando era pequeno, mas me lembro de que, quando fiz dois anos, nasceu minha irmã Marina. Marina por causa de um tal de Dick Farney que cantava "Marina".

— Solta ela devagarinho, Cesinha... Bem de leve!

Disso eu me lembro. Levantei a Marina do berço pelas duas pernas, e se a minha mãe, calminha, não pede pra eu soltar, não soltava mesmo. Essa pentelha tinha vindo pra atrapalhar a minha mordomia de filho único.

— O que é isso marrom na boquinha dela?

— Chocolate, mãe. Gostoso!...

Não me recordo se mamãe me bateu. Agora, apanhei mesmo foi quando joguei em cima da pequena todos os meus carrinhos a pilha. Só os bracinhos dela ficaram de fora.

Meu pai chegava tarde da noite em casa. Como eu era o filho mais velho, continuei tendo algumas mordomias, por exemplo, ficar até tarde brincando. Numa dessas ocasiões, cheguei a tomar vinho, achando que era coca-cola, e tentei imitar o homem-aranha subindo pela janela.

— Ainda bem que tem grade, César! Sabe o que ele aprontou hoje?

— Conta, filho. Papai quer ouvir tudinho.

E lá ia eu pro colo dele.

Toda casa continua tendo um teto

Vovó Maria, depois que ficou viúva, foi morar com tia Vívian num apartamento.

— Assim fico livre dos ladrões — ela dizia, rindo.

Foi a partir de uma ideia do papai que acabamos por sair do "apertamento" e nos mudamos para a casa onde ele havia nascido: o sobrado de número 102 da rua Emilia de Paiva Meira estava desalugado.

Vovô Fábio e vovó Diva vieram ajudar na mudança.

— Tem grades na janela? — foi a primeira preocupação de vovó. Ela tinha verdadeiro pavor das minhas escaladas.

— Vou dar uma retocada na pintura — vovô decidiu.

Retocada de vovô era pintura de mestre.

Depois de uma boa faxinada, estávamos perfeitamente acomodados.

Ou quase.

É aqui que elas entram

Eu estava com quatro anos, Marina com dois, quando nasceu a Sabrina. Marina virou "sanduíche".

Fiquei no quarto que era do meu pai quando pequeno, as meninas no quarto das minhas tias, meus pais no quarto dos meus avós.

Minha mãe nunca rolou da escada... Mas a gente... Perdi a conta.

— Marina, pega o papelão. Sabrina, cê fica no colo dela, quietinha, viu?

E nós três descíamos a escada, que tremia... mas não caía.

Marina sempre botava a culpa em mim nas artes que fazíamos. Não sei por quê... Só se for porque eu era o mais velho.

— Jogou o bambolê no telhado, agora pega!

E lá ia eu no telhado.

Sabia que telha de cinquenta anos treme mas não quebra? Nem eu. Foi sorte! A nova, que papai havia acabado de trocar, quebrou logo. Mas aquela em que eu pisei, não.

Sempre fomos fanáticos por bichos. Coisa hereditária, acho. Coincidência ou nome de moda, vovó Diva também tivera um Bob. Um, não. Vários. Vovô Fábio era passarinheiro. Mais de cem periquitos.

Na primeira visita que o tio Aurélio nos fez, trouxe um bóxer de presente. Uma verdadeira criança, como nós.

Sabrina era mesmo uma peste. Foi logo colocando ração pra cachorro na boca, pensando que era croquete. E não é que gostou? Comeu vários!

Minha mãe quase teve um ataque, desses que mãe costuma ter.

— Cesinha, você viu e deixou?

Tentei acalmá-la.

— Se é bom pra cachorro novo, deve ser bom pra ela. Ela é novinha!...

Sabrina não parava por aí. Descobriu que detergente tinha um gosto ruim. Deve ter pensado que era groselha!

Não tivemos coelheira como papai, mas tínhamos muitos canários e quatro aquários de lebistes. Tudo, é claro, no mesmo quartinho de passar roupa.

Primeiro foi a Marina:

— Será que peixe gosta de macarrão? Vão pensar que é minhoca!...

Sabrina fez uma careta.

— Bleca!

Meu pai não costumava ter tantos ataques, mas ficou "pê" da vida quando viu os aquários cheios de fios de macarrão.

— Que pena ele ter tirado, né?

— Os peixes tavam gostando tanto!

— Será que peixe come peixe?

Come!

Tivemos de fazer uma maternidade para as “peixas” não comerem seus filhotes.

Mamãe acordava de madrugada e vinha logo reclamando, exatamente como a minha avó Maria fazia:

— Ainda aqui acordados? Esses peixes não param de nascer?

Não fazemos parte do zoológico (só tomamos conta)

Nós três estudávamos na mesma escola que meu pai havia frequentado.

Um dia, assim que o ônibus nos deixou, encontramos a vizinha da frente, tia Griselda, com uma tartaruga na mão.

— Que tal acompanhar a tartaruga até a casa? — ela sugeriu.

Parecia piada. Do bosque até a nossa casa, ela não chegaria sozinha nunca... Nem em três anos.

Acho que é malfeito. Ando cheia de urucubaca! — ela exclamou.

Tentamos esconder a tartaruga da mamãe, mas não teve jeito. Albana, nossa ajudante, tropeçou nela e gritou:

— Uai, que pedrona! Quase arranca meu dedo!

Enquanto ela foi pegar os óculos, que mais viviam guardados do que nos olhos, escondemos a tartaruga debaixo da minha cama.

Dia seguinte, no café, o interrogatório. Começou pelo meu pai e continuou com a mamãe e a Albana.

— Pedra anda?

— Tem cabeça?

— Tartaruga é um trem bom demais, gente! Aprendi um ensopadinho que é uma delícia! É de lamber os dedos!

Resultado:

— Se tomarem conta dela, posso deixar ficar — minha mãe resolveu.

Meu pai estava indeciso.

— O que é que tartaruga come?

Sorte ter meu avô, que socorreu a gente com uma explicação ao telefone (meia hora de interurbano escondido). Mas, por outro lado, tivemos o azar de Rapa, nossa cachorra, não gostar da tartaruga de jeito nenhum. Virava ela para um lado, para o outro, e latia como se estivesse com ciúmes.

— É um cágado — vovô afirmou assim que veio passar um fim de semana com a gente.

— Não fala besteira, vô. A mãe não gosta!

— Cá-gá... o quê, vô? — Sabrina quis saber.

Explicações aqui, ali, acolá, e pronto. Vovô contou também que ela era ele e que não gostava de sanduíche de mortadela nem de nossos restos de lasanha.

Marina arriscava:

— Nem de resto de abacate? Banana? Ovo mexidinho?

De frutas ele gostava, apesar de a Rapa estar sempre tentando virá-lo de cabeça pra baixo.

Vovô e vovó estavam tão animados com o nosso zoológico que resolveram passar o Natal conosco, com a condição de não colocarmos nenhum dos bichos embaixo da cama.

Vovó Diva sempre teve ideias brilhantes. Mamãe que o diga! Antes do Natal, pegou o gravador do papai e nos entrevistou como fazia com minha mãe e meus tios quando eram menores, em toda véspera de Natal.

— Cesinha, o que você mais gosta de fazer?

— De descer a escada no papelão.

— E você, Marina?

— Junto com ele, vó.

— E você, Sabrina?

— Também, vó!

A folia era grande. Quisemos por toda lei entrevistar o Bimbo e a Rapa. A Rapa latia para o gravador e o Bimbo ficava mudo. Os canários até que cantavam, mas os lebistes... Nada! Nem um simples GLUB GLUB GLUB "peixal".

— Por que em livro de história o bicho fala, vó?

— Acho que do gravador ele tem vergonha.

— Vergonha de quê? — Marina estranhou.

— De falar "elado", né, vó? — Sabrina concluiu.

Dia seguinte, aquela preguiça de preparar a ceia. Afinal, todo mundo tinha resolvido passar o Natal em casa com a gente. Família unida, ceia unida, fome unida, ataque unido.

A mulherada resolveu se livrar da cozinha, e acabou encomendando uma ceia deliciosa de uma cozinheira que ficou de entregar o peru, o *tender*, a leitoa, e os etecéteras às nove horas da noite. Em ponto. "Tudo caprichado", segundo a quituteira.

Ouvi que, "por via das dúvidas", tia Zeila traria uma lasanha, mamãe faria uma maionese e tia Vívian, um sorvete.

Sorte. Foi a nossa salvação!

A mulher-da-ceia-encomendada apareceu à uma hora

e cacetada... Da manhã! A gente já estava até dormindo no sofá e no carpete da sala — porque as camas já estavam preenchidas pelos menores — quando ela apareceu com uma simples perninha de leitoa.

— Cadê o resto? — Minha mãe perguntou, superbrava.

— Que resto? — A mulher respondeu, arregalando os olhos e escancarando a boca.

O *tender* havia sido deixado em outra casa, por engano... O outro tanto da leitoa ficara junto com o *tender*. E o peru... Só Deus sabe!

Ceia encomendada... Nunca mais!

Até a Rapa e o Bimbo foram dormir em branco.

Anjo tem asas à prova de fogo?

A cada filho que nascia, mamãe fazia uma bota e bordava nosso nome. Cada um de nós ganhava a sua árvore de Natal, de plástico mesmo, com enfeites à prova de criança.

Meu pai montava o presépio; eu, Marina e Sabrina colocávamos os enfeites nas árvores de plástico (mania de ecologia da mamãe, que não queria cortar pinheiros). Montávamos também a coroa de Advento com as quatro velas e ouvíamos músicas de Natal o mês todo.

Uma semana antes do Natal, treinávamos para o teatro da igreja.

Bom, eu nunca quis ser anjo. Ou era escalado pra ser

rei mago, ou "povo andando". Com nove anos, resolvi ser promovido a José. Marina acabou sendo escalada para Maria e Sabrina pra anjo.

No dia do teatro, os anjos entraram primeiro e se posicionaram de forma meio amontoada pro meu gosto. Nossos avós ficaram assistindo da fila do gargarejo.

Sabrina estava de camisolão branco, usando asas com penas (acho que de galinhas caipiras). Segurava um castiçal com uma vela acesa. Entraram no escuro. Tudo muito emocionante.

Todos os anjinhos foram caminhando devagar, procurando por entre as fileiras de bancos algum parente ou conhecido. Evidentemente que alguns anjos que encontravam os pais abanavam a mão, saíam correndo, gritavam "oi, tô aqui ó", causando uma pequena evasão angelical na fila de anjinhos.

Assim que entrei com a Maria-Marina, senti um cheiro de queimado. Olhei pra Sabrina. Ela balançava a vela pra cá e pra lá, toda feliz!

— Sabrina, a sua asa está pegando fogo! — sussurrei da manjedoura.

Nada.

Marina teve um acesso de riso.

— SABRINA, FOGO NA ASA!

Acho que gritei alto demais. Marina largou o menino Jesus (na verdade, uma boneca embrulhada numa fralda) e foi correndo apagar o fogo... Quer dizer, o princípio dele, é claro.

O pastor pediu calma e sua mulher, Cláudia, tentou apagar o fogo da asa da Sabrina, que parecia não estar nem aí:

— Deixa, tia, é só um foguinho!

O padre (era um culto ecumênico) e um coroinha pegaram água benta e tentaram jogar na asa. Nada.

O fogo da asa dela pegou na do anjo vizinho.

Um balde de água resolveu o problema. Não me pergunte de onde surgiram o balde e a água, porque eu não vi. Estávamos todos na torcida.

Fogo apagado — avós, tios, amigos, reis magos e povo andando já acalmados —, os anjos ficaram mesmo sem asas.

A partir dessa experiência, os anjos nunca mais voltaram a usar asas — nem com penas nem sem penas —, só velas com papel laminado imitando a chama.

Apenas medida de segurança!

Balança, treme e cai!

Nossa casa era a mais antiga da rua. As outras já estavam sendo demolidas. Muitos prédios iam ser construídos ali.

Eu já estava no sexto ano — Marina no quarto e Sabrina no primeiro —, mas ainda curtia a rua, coisas da molecada e tudo o mais. Só que com tanto prédio na frente, do lado, atrás, a rua ficava cada vez mais entupida de carros... E sem sol.

O pessoal que mais aparecia pra brincar era dos prédios vizinhos: Harvey, Rafael, Roberta, Renata e Geraldo.

Quando soubemos que a Roberta ia fazer a primeira comunhão, corremos pra casa dela. Era um sábado e ela já estava prontinha, parecendo uma noiva, toda vestida de branco. Fomos de bicicleta até o prédio dela, bem na ruazinha de trás. Lá tinha uma rampinha danada de boa. Fomos com tudo. É lógico que a Roberta, quando nos viu, não teve dúvidas! Pegou a bicicleta dela e foi fazer a rampa com a gente.

— Vai, Roberta, senão a gente não sai do lugar.

Nessas alturas do campeonato, na afobação da casa dela, ninguém tinha percebido que ela estava fazendo *mountain bike* de brancão.

— Pensa que é fácil pedalar com essa roupa de primeira comunhão? — ela se queixou.

— Anda, Sabrina, você tá empacando o trânsito!... — foi a vez de Harvey reclamar.

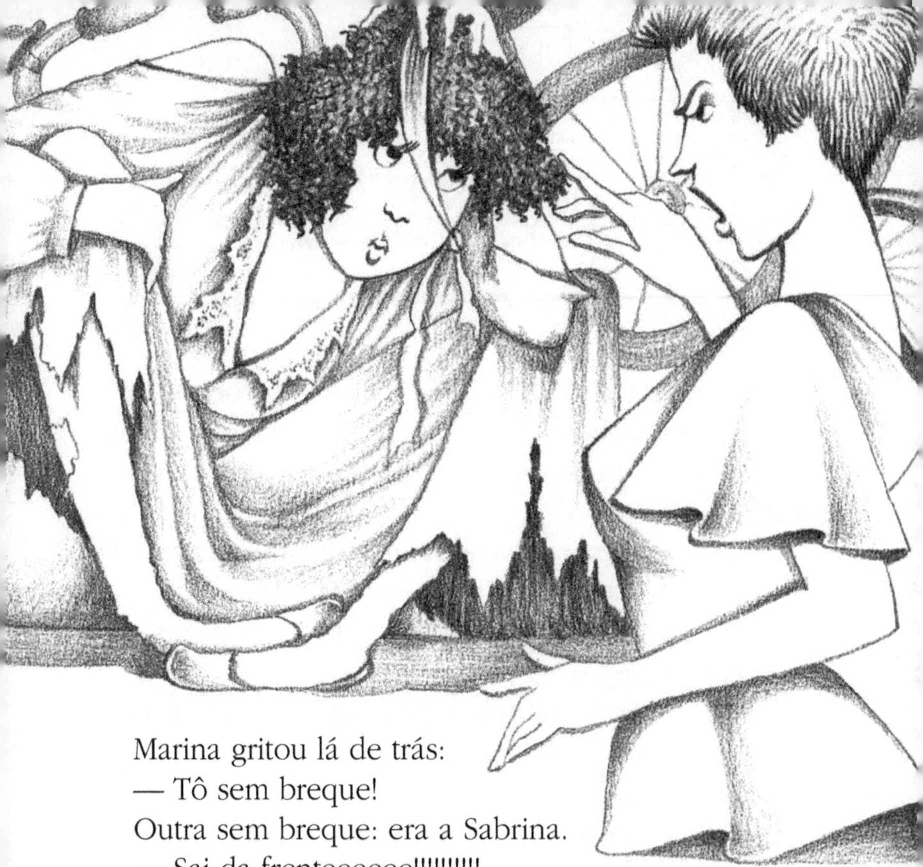

Marina gritou lá de trás:

— Tô sem breque!

Outra sem breque: era a Sabrina.

— Sai da frenteeeeee!!!!!!!!!!

Tchum! Congestionamento. Batemos um no outro. Até que foi engraçado... Todas aquelas bicicletas enganchadas.

Bom, não foi tão engraçado assim. A mãe da Roberta veio voando.

— Olha o que aconteceu com a sua roupa de primeira comunhão! E agora?

Agora não tinha mais conserto. O vestido estava todo manchado, amassado, o cabelo despenteado, meia rasgada, sapato com salto descolado.

Tivemos plateia. Todos os moradores do prédio estavam nas janelas, varandas, vidraças, assistindo ao desastre. De camarote.

Cadê a privacidade da gente?

Balança, treme, mas não cai!

Meu pai estava ficando cada vez mais preocupado.

A conversa começou num churrasco no nosso quintal.

— O que tem de prédio construindo aqui em volta não está fácil!

Minha mãe não gostava nem um pingo de apartamento:

— A casa é velha, mas não tem uma trinca.

— Tem gente querendo comprar a casa, Tânia. O que você acha? — Ele arriscou.

— A gente podia reformar essa mesmo. Uma boa pintura, um banheiro pras meninas...

Topei na hora.

— Vamos morar numa cobertura? — Marina perguntou, toda animadinha.

— Cobertura de morango é uma delícia, mamãe!...

Sabrina era boba mesmo!

— É, a gente mora em cima e fica pro resto da vida chupando sorvete com cobertura! — Ela continuou.

Aos poucos, o papo da mudança ia saindo da brincadeira e ia ficando mais sério.

Os dias iam passando... E papai arrumava sempre mais um defeitinho na casa:

— Olha essas paredes com umidade!...

Mamãe desconversava:

— Pra isso tem conserto. Você já notou que as outras casas do bairro trincam à toa quando constroem prédios do lado? Da nossa nunca caiu nada, nem um reboquinho...

— Já notou que o sol não bate mais aqui? — Ele insistia.

— Já notou que o sol não bate também nos apartamentos? Ficam uns colados nos outros! — Mamãe rebatia. — E, além do mais, você nem vem almoçar em casa! Não sabe nem se está pegando sol no quintal ou na frente. Sai de manhã, volta à noite, eu saio à tarde, e a gente se encontra em qualquer fim de semana... — ela continuava.

Você pode dizer que a conversa dela não tinha nada a ver com o papo do meu pai, mas sabe como é que é minha mãe... Quando a coisa não tá legal, ela muda de assunto e culpa o meu pai por não ter tempo de vir almoçar com a gente, como faziam meus avós antigamente. E ele lá tem culpa de trabalhar tanto?

Apartamento. Essa era a palavra que estava fazendo tremer a minha casa! Ainda se fosse um apartamento com piscina, *playground*, sauna, salão de jogos, salão de festas, salão de qualquer outra coisa, aí, sim, seria legal! Mais legal ainda se eu conseguisse descolar um banheiro só pra mim.

Banheiro. Palavra mágica! O que será que as meninas ficam fazendo tanto tempo nos banheiros? Parecem morar dentro deles! Depois que a Marina e a Sabrina começaram com essa história de batom pra cá e pra lá, ficavam horas no único banheiro, se lambuzando de batom. Fico pensando se elas já não apresentavam, desde essa época, um sério problema de coordenação motora, porque, quando saíam de lá, metade do batom estava pra fora da boca.

— Tânia, hoje vem um corretor aqui. Vê se dá uma garibada na casa.

Foi nesse dia que a casa realmente tremeu. Mas mamãe prometeu que ia segurar as pontas.

Corretores em ação (nós, idem)

— Gracinha esses três! São todos seus? — Perguntou o corretor, um tal de seu Bastos.

Gracinha era a avó dele! E adolescente lá tinha cara de gracinha?

Meu pai riu.

— É, o mais velho já tem onze, a do meio nove e a caçula sete.

"Todos seus!" O que é que ele estava pensando? Tive vontade de dizer que cada um ali era filho de um pai, o outro de outra mãe com outro pai, a outra emprestada para sempre, sem direito a retorno!...

Mamãe foi na frente, mostrando a casa, antes que eu abrisse a boca para falar tudo o que eu estava pensando. Ela deve ter feito algum cursinho intensivo de ler pensamento de filho.

Ela foi com o maior bico, mas foi.

— A casa tem cinquenta anos, mas é sólida como uma rocha! Meus sogros a construíram e moraram aqui por muitos anos.

A gente ia atrás, mostrando os defeitos:

— Moço, psiu, olha aqui essa parede... Está toda embolorada! Meu pai puxou o sofá na frente da parede pra esconder o estrago.

Não daria pra descrever com precisão o olhar de raiva que meus pais me lançaram.

O corretor perambulou pela casa, espiando aqui e ali, feito gente examinando bicho, procurando ver se estava tudo inteiro pra poder comprar e não reclamar depois. Senti o que chamam de "privacidade invadida" quando vasculhou meu quarto e abriu a porta do meu armário. Só faltava pegar uma meia e pendurar na boca feito cachorro, sentir o cheiro. Bom, pelo menos a Rapa latia...

Quando mamãe foi preparar um café e papai tentava acalmar a Rapa, que virava o Bimbo de casco pra baixo, Marina aproveitou:

— Moço, já fomos assaltados sete vezes.

Seu Bastos riu. Pude verificar que ele usava dentadura, porque os dentes ficaram todos soltos da gengiva.

— Sete é conta de mentiroso.

— Sete, não — ela emendou. — Oito.

— E levaram o quê?

— Um monte de coisa... — Sabrina confirmou.

Aí, quem ficou danado fui eu. Baixinho, ele perguntou no meu ouvido:

— Ninguém quis levar vocês três?

Resposta boa era comigo. Fui rápido:

— Não, acharam muito arriscado... Mas de uma coisa eu sei! O chefe da quadrilha era um tal de Bastos, porque falavam a toda hora: Bastos, olha só o que achei... Bastos, amedronta eles que é pra terem medo de outro assalto e vender a casa por uma miséria... Sabe que ele era até meio parecido com o senhor?

Não deu tempo pra ele responder, porque mamãe chegou com o café.

— Olha o cafezinho fresquinho!

Mania de mãe. Café fresquinho pra mim é frio pra burro. Devia ser "olha o café quentinho!".

Juro que não foi de propósito. Na hora de servir, derrubei o café "fresquinho" pelando em cima do corretor.

Castigo no quarto, pedido de desculpas.

Seu Bastos ficou de ligar "outro dia", assim que a queimadura da perna melhorasse.

Graças a Deus mais um mês e nenhum telefonema do homem.

Nem tudo na vida é do jeito que a gente quer... Ou planeja. Chegou o Válter. Tudo bem. Confesso. Soltei a Rapa. Ela sempre foi mansa. O problema dela é a cara e o tamanho de meter medo em onça. Pulou em cima do homem e lambeu o rosto dele. Já viu baba grossa de cachorro? Gruda feito cola! Também esquecemos de limpar o cocô que ela havia feito no jardim.

Ploft!

O seu Válter atolou o sapato bem no meio. Se fosse artilheiro, teria marcado um gol. Como não era, tivemos, por castigo, de lavar o sapato do homem.

É. Uma droga mesmo! O salto descolou. Mania de perfeição da Marina, que esfregou o sapato com bucha, e despreparo total da Sabrina, por ficar batendo o sapato no tanque pra ver se o cocô desgrudava inteirinho.

Pelo menos deu pra observar que essas duas não levavam jeito para serviços domésticos. Seria isso o tal do feminismo?

Empregada de folga, a casa estava o que mamãe chamava de pardieiro.

Castigo no quarto. Falta de pedagogia materna. De lá pudemos ouvir:

— Construção sólida, terreno de 319 m^2, ponto excelente! Bom para um prédio.

Até que esse foi curto e grosso: deixou seu cartão e disse que ligaria depois.

Mais dois meses sossegados.

Quando pensávamos que continuaríamos aqui para sempre, aparece dona Mariazinha. Não teve jeito de contra-atacar. O império não teve chance dessa vez.

— Que cachorra mais linda!

E desviava de todos os cocôs da Rapa, feito atleta passando por obstáculos.

Adorou a casa, adorou mamãe, gostou do papai e conversou com a gente.

— Sabem que o pessoal do prédio do fundo quer comprar essa sua casa pra fazer uma piscina?

Já viu filme mudo? Fizemos parte de um naquela hora.

— Em troca, eles vão dar pra vocês um apartamento novinho, com um quarto pra cada um, três banheiros, piscina, *playground*, salão de festas. Ah, tem também sauna masculina e feminina.

Três banheiros. Ela havia dito a palavra mágica!

Quando ela pronunciou "piscina", então, Marina e Sabrina arregalaram os olhos. Palavra mágica pra elas também.

Papai e mamãe ficaram de espiar o apartamento. Estavam animados com o que para eles parecia um sonho: churrasqueira perto da piscina.

Fantástico! Você compra uma carninha, acende a churrasqueira e o prédio todo desce pra dividir o desagradável prazer de mastigar uma picanha... dividida em mil!

Resolveram chamar vovô e vovó para dar uma espiada. Além do mais, precisavam que vovô desse uma olhada no contrato, caso o negócio desse pé.

Eles vieram. E fomos olhar o apê.

A casinha de bonecas das meninas parecia maior.

Vovô e vovó aparentavam gostar. No fundo dos seus olhos percebi que era puro fingimento, que tinham achado meio apertado pra quem estava acostumado a morar em casa com quintal, varanda, jardim.

O quarto, que seria o meu, mal dava pra uma cama... ainda mais que minha cama era uma cama de viúvo, nem de casal nem de solteiro, nem lá nem cá, que mamãe achava relíquia digna de um antiquário. Pô, e eu nem casado era, muito menos viúvo!

— Olha o banheiro, que gracinha! — mamãe elogiou.

Gracinha mesmo. Cheio de desenhos de trenzinhos carregando ursos. Perfeito pra minha idade, feito de encomenda pra mim.

Não tinha bidê, o infeliz. Fui acostumado a me lavar no bidê depois de usar o vaso sanitário (minha mãe acha feio dizer privada). E aí, como ia fazer depois do depois? E se eu estivesse na privada-sanitário e alguém abrisse a porta? Com certeza deceparia meu pé.

Janela de prisão. E ainda com grade. Dificilmente caberia minha mão naquele minúsculo quadrado, quanto mais ver o sol algum dia nascer por entre um prédio e outro.

Quarto das meninas. Quinze centímetros maior que o meu. Não sei por que tanta proteção. Seria o tal sexo frágil? Isso implica maior número de centímetros quadrados por espaço ocupado?

— A gente cabe aqui, mãe? Nós duas?

— A gente só "cabemos" em pé. Deitadas é difícil, Marina.

— É lógico que não! — mamãe negou sem muita convicção. — Irmãs dormem juntas. Assim, à noite, podem conversar sobre os namorados, seus segredinhos. Vai ser legal!

— E o outro quarto, mãe?

— Precisamos de um quarto para sala de tevê, quarto de hóspedes, sei lá, gente!

Na hora de olhar o quarto deles, papai mediu bem e arriscou:

— Cabe cama de casal padrão e é só.

Casal padrão? Mas eles discutiam muito, às vezes! Como podiam dizer na minha cara que eram um casal padrão? Como seria um casal despadronizado?

Explicaram. Um metro e quarenta por um e noventa. Nem um milímetro a mais. Adeus sonho da minha mãe em ter uma tal cama colchão-sobre-colchão, de um metro e sessenta por dois, para poder rolar à vontade, deixar o pé de fora, enquanto meu pai permaneceria nos domínios dele, em outras bandas do colchão.

— E os criados, a cômoda, a escrivaninha? Onde ficariam?

— Na nossa cama é que eles não vão dormir — ele riu.

Quarto onde ficaria a tevê. Talvez uma tevê anã coubesse em cima de uma micromesa ao lado de um sofá de um lugar e meio. Quando a porta abrisse, jogaria a tevê, a micromesa e o sofazinho, juntamente com um minitelespectador/parente pela janela. Daí é que teríamos problemas. Ficariam entalados na janela. Acho que nem a tevê passaria por ela. Janela padrão!

Banheiro das meninas no corredorzinho-dois-passos. O problema? Não tinha janela!

— O cheiro vai pra onde... quando tiver...? — Marina perguntou.

— Pra onde você acha? — devolvi.

Bom-ar de caixa, fragrância extrato superconcentrado de flores do campo. Mesmo assim, seria um problema sério a ser resolvido por todos. Sorte da Sabrina, que era alérgica e que constantemente ficava com o nariz tampado.

Lavabo era lavabo. Pequeno em qualquer lugar.

Voltamos. O banheiro da mamãe. Até que ele não era ruim. Com banheira e bidê. Meu avô percebeu a minha cara de animado.

— Olha lá o usucapião da banheira e bidê, hein?

A sala era razoável para uma sala. A copinha, uma copinha pra se comer em pé, feito lanchonete. Não tinha espaço para cinco sentados. Talvez um sentado e dois em pé. Teríamos de fazer as nossas refeições por turnos. A cozinha, sim! Puxa, era bem boa! E ainda cheia de armários!

Vovó até suspirou.

— Que delícia de cozinha! Olha que janelão! Que vista linda!

Área de serviço, banheiro de empregada, quarto de empregada.

— A Albana vai ter de dormir dobrada em dois, porque nem em pé nem deitada ela cabe.

— Cabe sim, César. Dá pra uma cama certinho — papai respondeu.

— Só se ela cortar o pé — a Sabrina rebateu.

— Os nossos bichos vão ficar onde? — Marina perguntou.

Sem resposta.

Saímos mudos.

Nem olhamos direito a piscina, saunas e os etecéteras.

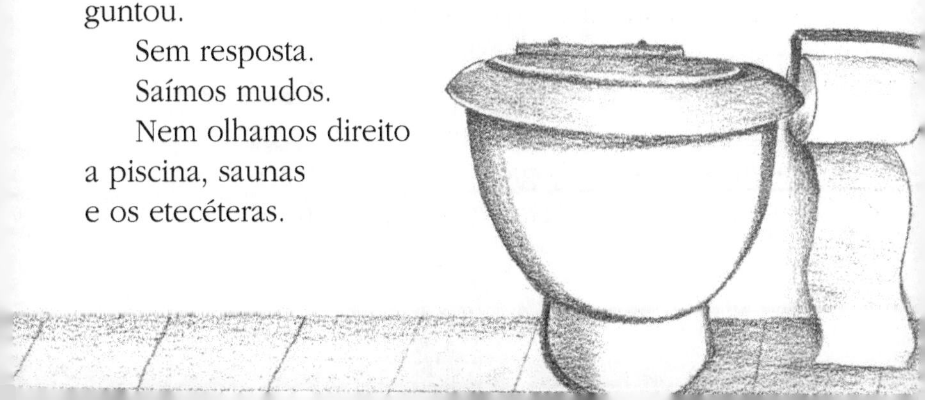

Filho artista (já ouvi essa história)

Bilhete do colégio. Fui logo mostrando pra mamãe. A gente nunca escondeu nada mesmo. Jogo limpo, essa era a regra.

Bilhete do diretor — por sinal, o mesmo da época do meu pai.

"César atrapalha a professora e os colegas. Reunião no colégio para tratar do assunto, às 17 horas. Atenciosamente, irmão Pedro."

Papai não pôde ir. Sobrou pra minha mãe.

— Qual é o problema, irmão?

— César imita pato na aula o tempo todo. Já chamamos a atenção dele, mas ele continua. Se não é pato, é galinha, papagaio e outros bichos barulhentos.

— Mas, irmão, o que eu posso fazer? Acho que é de família! Lembra o pai dele?

O irmão riu. É claro que se lembrava!

— Sabrina e Marina também têm problemas na aula de música. Cantam muito alto.

Como o português do diretor havia melhorado (e muito), conseguiu achar a expressão certa:

— Na verdade, Tânia, elas se esgoelam!

Mamãe disse que ia tomar as providências cabíveis.

Ficamos sem televisão, sem sorvete, sem sobremesa. Coisa mais antipedagógica! Ela devia ter nos colocado num curso de canto... De pássaros, é claro. Bem, de qualquer forma, eu não iria. Já não tinha dado certo no coral da igreja. Fui dispensado porque cantava esganiçado. Acho que cantava na aula porque sofro de um grande complexo de "cantorice aguda".

Não demorou muito e... reunião de pais e mestres.

Eu, Harvey, Rafael, Geraldo, Renata, Roberta, Marina e Sabrina éramos o terror da escola. Bem, outros nomes foram ventilados, para a nossa sorte. As notas? Acredite, se quiser... Eram boas!

Entrei num acordo com papai e mamãe (as meninas também). Pato e outras aves, só em casa. Durante o dia, e não na calada da noite, como ainda andei fazendo por algum tempo.

Sem sucesso

Papai e mamãe fecharam o contrato com o doutor Plínio, responsável pelos moradores do prédio do fundo. Ele chegou em casa de terno preto, todo arrumado. Pude notar que estava muito feliz. Ele já era um velho conhecido da família do meu pai, cara correto, direito. O negócio ia ser bom pra todos.

Pra nós foi um dia triste. Um velório. Eu me fechei no meu quarto e chorei a noite toda. As meninas berraram mais alto. Pra dizer a verdade, esgoelaram-se como deviam fazer nas aulas de música.

Acho que o pessoal do prédio do fundo queria era se ver livre dos nossos gritos, dos nossos bichos, da aparência velha do nosso quintal. Vimos uma vez, quando estávamos na varanda do doutor Plínio, a nossa casa por cima. Fiquei “por baixo”. Parecia bem mais velha vista do alto. As telhas antigas, a pintura gasta, as folhas da ameixeira, da laranjeira caídas no telhado do puxado que mamãe insistia em chamar de edícula. As roupas no varal, penduradas junto com a nossa privacidade devassada: cuecas, calcinhas, meias, camisolas, pijamas, panos de prato. Cheguei a ficar com vergonha da minha vergonha quando vi minha toalha de guerra com um enorme buraco. Paciência. Velha ou não, era a nossa casa, que embalou a nossa infância, dourando o começo da minha adolescência.

Eles nos deram três meses para puxar o carro para o apartamento que iam passar para o nosso nome.

Nesses três meses conheci a Bia, que morava no tal prédio do fundo.

É lógico que não era a primeira menina que eu achava bonita. Mas ela era diferente.

Na minha classe tinha um enxame dessas meninas. Todas bonitinhas, com mania de batom vermelho, cheirando perfume forte, o tempo todo falando das coisas que compravam, entre outras baboseiras.

A Bia, não. Tinha um papo legal.

Pô, bem agora que a gente estava numa boa, eu ia ter de mudar!

Conversamos uma tarde inteira sobre isso. Ela também havia morado numa casa antes de mudar para esse apartamento.

— Não fica chateado, não. A gente acostuma. O chato é ter de dar cachorro, passarinho, gato, jogar fora a papelada, porque em apartamento não cabe tudo mesmo.

— O que você fez com seu cachorro? — perguntei.

— Dei pro meu avô, que tem uma chácara. Quando bate a saudade, dou um pulinho lá.

— Já pensou me bater saudade e eu ter de ir pra cidade dos meus avós só pra ver a Rapa? É longe pra caramba!

Silêncio.

— Sua outra avó não acostumou a morar em apartamento? — Ela continuou.

— É, acabou se acostumando — tive de admitir.

Fiquei virando na cama naquela noite. Papai me contara que assim que o vovô Geraldo morreu, ela foi rapidinho para um apartamento. Disse que chorou até, por que teve de dar o radioamador, se desfez dos móveis que não caberiam no apartamento. Da cama de casal, que era enorme, não abriu mão. Nem pé... E muito menos das lembranças. Essas não precisavam de mala, cabiam em qualquer lugar, enchiam uma casa, lotavam um apartamento. Subiram com ela no caminhão de mudanças.

— Ou vou com a minha mobília de quarto ou não mudo! — Minha avó bateu o pé.

Foi. Quebrou a parede do *closet*, mas coube. Vó, cama de casal, criado-mudo, um guarda-roupa imenso, piano, banquinho e uma cadeira de balanço cheia de recordações de histórias de ninar e noites maldormidas tentando fazer com que algum filho pegasse no sono.

Ela disse que, apesar da mudança, continuou revendo os vizinhos e os amigos da Antônio Lapa.

Será que depois da mudança eu ia continuar encontrando a Bia?

O que vai, o que fica, o que racha

Albana resolveu tomar uma atitude. Papai e mamãe endossaram.

— Os brinquedos estão todos aqui. Tudo não dá pra levar, de jeito nenhum.

— Dá pra levar a barraca de camping? — Perguntei.

Meu pai ficou chateado. Olhou pra mamãe e arriscou:

— Dobradinha embaixo da cama?

— Nem em cima da mesa — ela respondeu.

Foi colocada de lado.

— Oito bonecas: três sem cabelo, duas sem braço, uma sem perna, duas pintadas com canetinhas — mamãe apontou.

Sabrina agarrou quatro. Marina apanhou as outras quatro.

Um “AH, MÃE” a duas vozes.

Não teve jeito. A pilha de brinquedos, as pilhas de “ais” e de “esse não” foram ensacadas juntas e colocadas nos caixotes de papelão.

Albana também entrou na dança: jogou fora uma coleção de vidros vazios de perfume, uma caixa de revistas *Romance Querido*, uma pilha de bonecas de pano que as meninas costumavam dar pra ela, além de três ursos, dois gatos e cinco cachorros de pelúcia.

Minha mãe olhou com dó para a coleção de livros de inglês que recebia das editoras.

— Não chegam a duzentos, gente! Será que num cantinho...

Se não ia barraca, não ia tanto livro de inglês.

Nossa coleção do Monteiro Lobato e as fábulas de La Fontaine que vovô Fábio havia dado estavam a salvo, junto com *O Urso*, do Liescov, e minha coleção completa do Júlio Verne, meus livros de cabeceira e mais alguns outros bem importantes.

Quebra-cabeças.

Entre as vinte caixas, apenas uma estava com todas as peças.

Carrinhos sem roda, jogos sem peças *idem*, saquinhos-surpresa, todos tiveram o mesmo fim: sacos plásticos de lixo.

Chegamos num momento chato: aquários, Bimbo, canários e Rapa. Os peixes eram novos, é claro, porque a mãe natureza se encarregava sempre dos mais velhos. O mesmo acontecia com os canários. Se o cemitério dos peixes mortos era a descarga do vaso sanitário, o dos canários era o quintal, com cruzes de palito de sorvete, onde escrevíamos "aqui jaz o Salário Mínimo", entre outros nomes.

Cágado devia durar perto de cem anos. Mas e a Rapa? A Rapa já tinha dez anos. Quem ia querer uma cachorra velha? Se para nós era uma cachorra-criança, para os outros não seria, não. Pra quem ia recebê-la, era uma cadela danada de velha, com mais dois ou três anos de vida. Bóxer tem a vida mais curta do que as outras raças.

Acho que ela já havia compreendido. Ficava perto do tanque, deitada, patas sobre o focinho.

Fiquei sentado num canto qualquer do nosso quintal tão gostoso, olhando o que cada um fazia.

Albana, disfarçadamente, passou a mão numa das suas bonecas de pano ("só para recordação"); mamãe separou oitenta livros de inglês (dos outros ela não ia abrir mão); papai guardou, como quem não quer nada, os sacos de dormir da barraca de *camping*, "para hóspedes inesperados".

Largamos nossos brinquedos de quando éramos bebês e muitos outros. Tanto os bons, quanto os outros, depois de consertados, iriam para alguém que os quisesse.

Faltavam os bichos.

Fomos dormir cedo, depois de ter tentado engolir um "cachorro-frio". Opção mais infeliz para um lanche!

Não pude deixar de ouvir a choradeira de novo: primeiro as meninas, depois a mamãe, seguida de fungadas de nariz do papai. Daí o meu próprio, regendo uma orquestra de lágrimas e soluços.

Uivos da Rapa acompanhando a nossa sinfonia fúnebre.

A caravana da coragem

Vovó e vovô sempre tiveram um xodó danado com a gente. Eles têm outros netos, é claro. Mas como a gente se vê menos, se curte mais e fica sempre cheio de dengo. A distância faz com que a gente fique seco de saudade. Quando viajamos pra lá, o tratamento é de marajá. Eles nos trazem café na cama, vovô faz piquenique no escritório com um monte de chocolates, nos levam pra tudo quanto é lado.

Telefonamos. Nós três, consenso geral.

Vovó atendeu.

O nó estava apertando a garganta. Arrisquei.

— Vó, quando vocês ficarem velhinhos, venham morar com a gente. Durmo embaixo da cama e vocês em cima.

Marina na extensão:

— Vó, não é justo velho ir pra asilo!

Sabrina pegou o telefone da minha mão.

— Vó, tem asilo pra cachorra velha?

Minha avó desligou o telefone... Mas, antes, ouvi seu soluço.

Nada feito! Até que o telefone tocou. Era o vovô.

— Que bom que vocês vão deixar a gente morar aí quando ficarmos velhos. Qual de vocês vai levar café na cama para nós?

Engasguei.

— Traz a Rapa, o Bimbo, os peixes e os passarinhos que nós tomamos conta, tá? — Era minha avó que dizia.

Vó é vó, vô é vô. Pra tudo quanto é galho. Eles são bons mesmo... "Pra cachorro!"

Não. Não era um circo. Apenas uma perua Kombi emprestada, caindo aos pedaços, com os nossos bichos dentro.

Pra onde?

Pra casa de uns avós maravilhosos, que ficariam com a Rapa. Tio Dadão, amigo do tempo de república do meu pai, e a mulher dele, a tia Lena, quando souberam que o Bimbo ia junto, quiseram ficar com ele. Uns lebistes ficaram com tio Fabinho e o outro tanto com o tio Paulo, a pedido dos meus primos.

Demos uma parada na fazenda do tio Marcelo e da tia Angel, que ficava bem no caminho, para deixarmos os canários com o André.

Teve outro choro e vela. A fita amarela ficou mesmo com a Rapa, que tornou a uivar ao nos ver partir.

Enterrei meu coração

Contrato feito, permuta pronta, mudança programada.

Mamãe estava no quintal, sentada numa cadeira de praia (que, por sinal, não caberia no apartamento), olhando para o “nada”, que era, para falar a verdade, o “tudo”. Papai, sentado num banquinho de *camping*, segredava a Marina que levaria o banquinho escondido da mamãe. Albana estava roendo as unhas, sentada no degrau da porta de seu quarto.

Paz de latido de cão, de cantar de passarinho, nenhuma sujeira do Bimbo, vazio de aquário.

Havíamos acabado de chegar de ônibus do colégio e ficamos também olhando o quintal.

Tive uma ideia. Minhas ideias sempre foram boas... Mas aquela era brilhante! Mas triste... Falei com as meninas. Subimos, cada um para o seu quarto, para fazer o combinado.

Depois de uma meia hora, descemos. Cada um com a sua despedida no peito e uma caixa de sapatos.

— Mãe, vamos enterrar um pedaço da gente no quintal — comecei.

— É, a gente coloca tudo o que escreveu dentro da caixa e enterra — Sabrina explicou.

— Mesmo depois que eles derrubarem a casa, vai ter alguma coisa da gente dentro da terra.

— Credo, gente! Parece um enterro!... — Albana estranhou.

Meu pai e minha mãe quiseram ver o que havia dentro da caixa de papelão.

Papai começou a ler a carta da Sabrina, que, com sete anos e meio, escrevia até que razoavelmente.

Obrigada, casa. Gostei de voce. Nunca vou esquecer voce.
Fui felis aqui, muito mesmo, casa querida da minha vida.
Aqui morou Sabrina Mendes, que tem quase oito anos.
Amém.

Embaixo, desenhos dela mesma, primeiro de quando era bebê, depois maiorzinha, e outro de como estava agora. E uma foto sua colada na carta, com pingos de lágrima em volta.

Marina entregou a sua carta de despedida. Mamãe leu em voz alta:

Cresci nesta casa que amo muito. Guardo neste quintal um pedaço de mim. Meu coração está triste e não chora mais, porque senão vai estourar e inundar essa casa que já foi vendida. Se essa casa falasse e escrevesse, escreveria um livro contando da vida da gente, das bagunças, do dia em que tomei água sanitária e fui parar no hospital, de quando quebrei um braço num mês e o outro braço no dia em que tirei o gesso do outro, dos pontos que levei no queixo, da noite em que OUVI MESMO O SINO DO PAPAI NOEL TOCANDO. Se meu coração tocasse, tocaria uma música bem triste agora. Adeus, casa. Que você possa ser demolida em paz.

Embaixo um desenho de um coração grande, pintado de vermelho, com uma casinha dentro e ela na janela.

Entreguei a minha carta ao papai. Enquanto a Albana enxugava as lágrimas na manga da camisa e mamãe soluçava baixinho, ele lia:

Minha casa não vai ser demolida nunca. Nossa casa vai morar na gente, no fundo do peito, para sempre. Se a gente tivesse tido uma vida triste aqui, não estaria achando chato ter de mudar. A gente foi feliz e triste junto. Sorte tem o Bimbo de poder levar a casa dele nas costas. Nós temos sorte de poder levar a nossa dentro da gente. Não é a mesma coisa, mas serve pra consolo. Casa, fica sempre comigo, na minha cabeça, no meu corpo, morando no fundo do meu peito.

Embaixo, havia feito o meu desenho: sem luz, sem vela, mas com uma fita verde. Fiz a minha casa embalada como presente.

Enquanto mamãe e Albana choravam, papai arrumou uma enxada e começou a cavar um buraco fundo no cercado da Rapa. Em meia hora, num silêncio de muito respeito, o buraco estava pronto. Mamãe trouxe uma caixinha dourada de estimação, lá de dentro dos seus guardados. E, dentro dela, colocou as nossas cartas. Cada um dos três também resolveu escrever alguma coisa, só que não leram em voz alta. Apenas dobraram os bilhetes em mil pedaços e colocaram junto com os nossos.

E lá, naquele buraco fundo, enterramos parte da gente. Em silêncio.

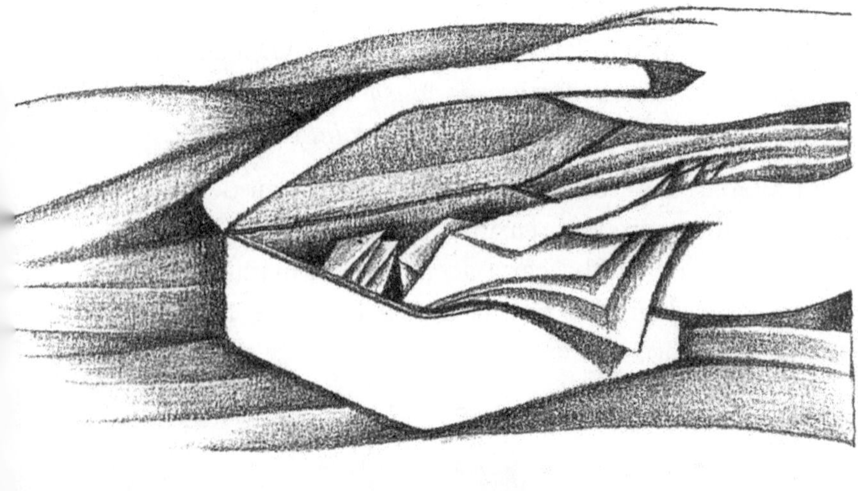

Excursões pelos supermercados, lojas, ferros-velhos, atrás de mais caixas de papelão.

— Essa serve, mãe?

— Essa aqui não tem fundo nem frente...

— Se grudar nessa que não tem os lados, forma uma inteira!

Operação papelão acabada, partimos para a operação "aproveita cacareco" (segundo meu pai) e "restauração de antiguidade" (segundo mamãe). Não sei como ela consegue, mas quando encasqueta que vai fazer, faz.

Voltou de uma loja de construção munida de lixas, pincéis, removedor de tinta e pós coloridos.

Imagina se a gente não ia ajudar!

Arrastamos um grande guarda-roupa antigo, uma cômoda e uma sanefa para fora dos quartinhos.

Mamãe parecia cirurgiã:

— Lixa.

Eu passava a lixa.

— Espátula.

Marina atacava com a espátula.

— Removedor.

Sabrina jogava o removedor com lata e tudo.

— Nunca vi bar com gaveta, mãe! — Arrisquei no palpite.

— E quem disse que elas vão ficar? Aproveito o fundo e faço prateleiras.

A cômoda com espelho virou um bar até que legal. As meninas é que não gostaram da ideia de ficar sem cômoda. Marina, pelo menos, não se conformava.

— Pra onde vão minhas roupas?

Sabrina *idem*:

— Fiquei sem gaveta.

— Esqueceram que vão ter armário embutido no apartamento?

É. Tinham esquecido que teriam minúsculos armários com miniprateleiras.

A sanefa da sala tinha uma história. Era da sala de visitas da casa do bisavô Cleso. Veio parar aqui em casa. Vovó Diva fez uma cortina de crochê pra ela. Além de ser bonita, escondia o vidro quebrado da janela, tampado por um plástico preto, "bem discreto". Mamãe tirou a cortina, lavou e guardou numa caixa de papelão, dizendo que no futuro daria uma bela toalha.

Mamãe comprou madeira e uns suportes estranhos em forma de "T". Nesse dia em que transformou a sanefa em aparador para copos (ficaria em cima da cômoda-bar), estávamos no colégio. Quando chegamos em casa, foi uma festa. Tinha ficado superlegal! O guarda-roupa tinha virado estante de livros na marra. Meu pai, que havia planejado levar o que estava embalado e só os móveis "prestáveis", teve de se render à criatividade de mamãe. Os cacarecos, agora raridades, teriam de ir.

Esses dias de marceneira tinham acabado com as mãos da mamãe. Ela, que sempre tivera unhas de tamanho médio, pintadas sempre com esses esmaltes clarinhos, passou a cortá-las bem rentes. Aposto até que as roía de noite. Meu pai sempre roeu. Principalmente na hora de pagar a mensalidade do colégio.

Notícia curta e grossa: teríamos de mudar de colégio também. Aumento excessivo de mensalidade. Mais uma notícia e eu passaria a ser um "adoles-onça" problemático com crises de mudança. Ou não?

Não

Papai pediu mais um tempo para ficarmos na casa, mesmo com as coisas já no jeito para a mudança. O pessoal do prédio deixou. Assim, desmarcamos o caminhão de mudanças da companhia Vai-Que-Vai e tivemos tempo para terminar o ano na escola.

Passei para o sétimo ano, Marina para o quinto e Sabrina para o segundo. Passamos também para outro colégio.

Como era verde meu antigo colégio! Descobri que gostava mais dos meus amigos do que pensava. Colégio pertinho de casa, sem precisar pagar ônibus, com a vantagem de ser bom e de graça, com a desvantagem de ser velhíssimo.

Fomos conhecer o colégio e voltamos "pês". Três vezes "pês". Meus pais ficaram o tempo todo elogiando a construção sólida, o nível dos professores, etc., etc.

— Tudo por causa do apartamento! Pra ficar mais perto... Droga! — Gritei.

— Preferia casa velha e colégio novo! — Marina contestou.

— Eu também! Na minha classe nem tem planta! — Sabrina reclamou.

Não teve jeito. E outra vez nem choro nem vela. E a Bia, longe de mim, em outro colégio.

Passamos o último Natal em casa, em meio a caixas, caixotes, pinheiro artificial, presépio no chão, tudo regado a frango e farofa. Eu me senti um farofeiro triste, farofando em praia com chuva, em pleno feriado.

O pessoal da família da minha mãe resolveu passar o Natal na praia; os do lado do papai preferiram o campo. Bom, não? Ninguém se reuniu. Bem, nós nos reunimos com as caixas de papelão, embalados por um disco de Natal que nos acompanha desde pequenos.

Fomos para a igreja e, pela primeira vez, não quisemos ser nem “povo andando”, nem anjo, nem José, Maria, reis magos nem estrela de Belém. Primeiro porque eu já estava velho para qualquer um desses personagens. E, depois, nosso espírito natalino estava entalado no peito. Preferíamos assistir a tudo apenas como “povo sentado e triste”.

Em janeiro, aproveitando as férias da mamãe na escola, mudamos.

— Vida nova! — Mamãe exclamou.

Será que alguma coisa mudaria entre mim e a Bia?

Não.

Depois de um mês, recebi uma cartinha:

“César, você mudou, mas eu não. Continuo aqui, a mesma de sempre. Telefona. Um beijo. Não. Dois.

Bia”.

Eu já estava no sétimo ano, tinha acabado de fazer doze anos. Acho que merecia até oitocentos e dezoito beijos.

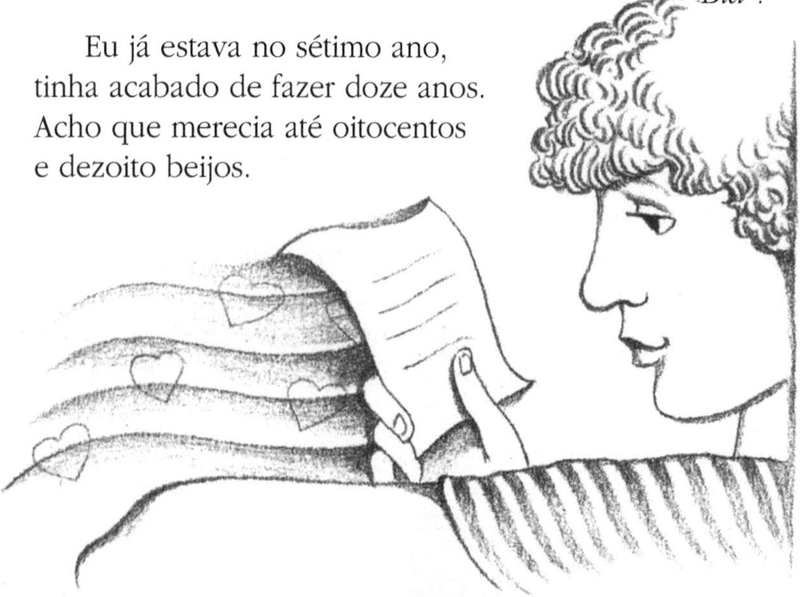

Outra mudancinha

— Ah, César, quebrei o prato da mamãe! — Minha mãe chorou.

— Não faz mal, a gente cola com Superbonder.

Seria mais fácil montar um quebra-cabeça de vinte mil - peças. Quebra, cola, enfia num cantinho, esconde embaixo da cama pra ninguém ver, soca no fundo da prateleira, vê se o zelador se interessa por um pinguim de geladeira. Parecia não ter fim aquele arruma-arruma, arrasta-arrasta, doa, vende, dá, de todos os cacarecos que não cabiam nem a cacetada.

Resolvi ligar pra Bia. Combinamos tomar um sorvete no Tênis Clube, depois do jantar. Ela disse que tinha uma novidade pra me contar. Falei pra ela que já estava havia um mês e meio no apê, e eu me sentia ainda uma sardinha enlatada, tentando me acomodar.

Fui tomar um banho. Pelo menos essa vantagem: não tinha ninguém na minha frente. Esfreguei o pescoço sem ter de ser mandado e me lavei segundo o "manual de instruções" da mamãe. O banheiro era claro, com todos aqueles trenzinhos, que agora pareciam apitar alegremente. Quando fui escovar os dentes, levei um susto, um nó na garganta: cinco fios no bigode, oito na barba. Bem grossos. Minto. Bem finos. Minto. Médios. Fiz umas caras em frente ao espelho. O braço estava mais musculoso (graças a papai, que insistia nas minhas aulas de natação). Eu estava mais alto (graças a minha mãe, que insistia nas aulas de basquete). Eu estava mais bonito (graças a mim mesmo, pô).

— IARRULLLLLLLLLLLL!

O prédio inteiro ouviu o meu grito de guerra. Precisava tomar mais cuidado.

Assim que saí do banheiro, enrolado numa toalha, fui atrás de alguém — pai, mãe, Albana, irmãs em geral para mostrar os meus pelos. E não é que no corredor piso num sutiã? Peguei o bicho do chão e gritei:

— Mãe, até você anda largando roupa no chão? Pô, que relaxo, meu!

Marina abriu a porta do quarto e, embrulhada numa toalha, respondeu meio brava:

— Dá aqui, seu bobo... É meu!

Foi aí que percebi que era pequeno demais pra ser da minha mãe.

— Qual das suas bonecas está usando?

Porta na cara. E quase arranca a minha barba e estraçalha o meu bigode! E eu que ia mostrar a minha mais recente descoberta, acabo descobrindo que Marina tinha seios. Lógico que tinha. Sempre teve. Só que agora estava usando o tal de "primeiro sutiã", já que eles tinham crescido.

E a Sabrina? Qual seria a dela?

Dei de cara com a própria, fechando a porta da sala com um:

— Tchau, Ipe. Depois a gente conversa, tá?

Batonzão cor-de-rosa na boca, feito as meninas do colégio.

Sentamos para o jantar. Espremidos, como sempre. Cortar um bife era algo como participar de uma maratona numa lata de sardinhas (sardinha corre?).

— Perfume do papai por aqui, hein?

Meu pai poderia sentir o cheiro dos seus perfumes de longe!

— Nossa, que tanto você passa a mão no queixo, filho? Outra espinha?

— Não. Apenas um início de barba.

Todos pularam em cima de mim. Fui examinado tal e qual uma cobaia.

Papai abriu uma cerveja.

— Um brinde: muitas barbas de vida, filho!

Retruquei com o meu guaraná:

— Muitos sutiãs e batons também!

Passei na frente do prédio da Bia. Homem barbado sofre mais.

Droga! Ela demorou dezessete minutos cravados para aparecer na janela. Minha boca ficou seca de tanto assobiar. Demorou mais cinco minutos e quarenta e três segundos para descer.

Compensou: cabelo molhado, *short*, camiseta, tênis e um beijo cor de vinho no meu rosto.

— O que você fez na cara? Está pinicando!

— Esqueci de fazer a barba, Bia.

— Hummm, grandes homens, hein?

Parecíamos um par de vasos: meu cabelo também estava molhado, usava *short*, camiseta e tênis.

Fomos para o Tênis Clube. Sentamos no barzinho.

— E aí, qual é a novidade?

— Sorvete de caju.

— E isso é novidade, Bia? Você sempre pede sorvete de caju!

— Primeiro o sorvete, depois a novidade.

— Tá bom. O meu de chocolate — pedi.

Olhos nos olhos.

Bia se lambuzou de sorvete. Foi tentar dar uma mordida no picolé e derrubou um pedaço na camiseta. Rimos. Acabei dividindo o meu com ela.

— Fala.

— Fala você.

— A novidade!... — Pedi.

— Acho que hoje não.

Sacolândia. A gente sai pra tomar um sorvete e ela resolve não me contar a novidade. Eu estava tão curioso!

Levantei pra pagar. Enfiei a mão no bolso. Vinho era pouco. Fiquei roxo de vergonha. Cadê a mesada? Havia esquecido em cima da escrivaninha, é lógico!

— Deixa que eu pago — Bia ofereceu. — Isso acontece... Normal.

E não é que ela pagou mesmo?

No fim, acabei dando risada. Lembrei que a primeira vez que papai foi com mamãe ao cinema, no tempo em que namoravam, foi ela também quem pagou. Ele tinha esquecido a carteira na república.

— Você fica tão bonitinho vermelhinho desse jeito!...

Fui pra casa sem a novidade, mas, em compensação, fui com o "bonitinho"!

Harvey veio dormir aqui. Estávamos loucos para contar as novidades um para o outro. O maior problema: dormir de que jeito?

Papai arranjou uma solução rapidinho: saco de dormir.

Depois de contar da Bia e ouvir o drama da sua namorada, a Vilminha, mostrei ao Harvey o meu amigo secreto: uma tartaruga.

— Como é que ela veio parar aqui?

— Comprei com o dinheiro da mesada.

— Parece o Bimbo, né?

— É, foi por isso que comprei. Bimbo II, a revanche!

— Ninguém percebeu?

— Ainda não — respondi.

Bem nesse "ainda não", minha mãe, que sempre batia à porta, resolveu entrar sem bater. Pego com o Bimbo II na lata!

Até que ela não ficou tão atacada. Expliquei que só fazia uma semana que eu estava escondendo o Bimbo II, ou no banheiro ou embaixo da cama de viúvo. Estava mesmo ficando impossível segurar o Bimbo II.

— Bem que estranhei esse cheiro no quarto! Pensei que fosse dos tênis e das meias.

Respondi que não queria ser um adolescente problemático por carência animal... E não é que colou? Arrumamos um local melhor para ela: área de serviço com um cantinho forrado para as suas necessidades. Bastou isso para que cada uma das meninas resolvesse ter o seu animal de estimação. Marina quis um aquário de lebistes e Sabrina um papagaio. Não teve jeito. Já viu a área de serviço virar um minizoológico? Pois venha ver a nossa!

Toda donzela tem pai-fera?

Mamãe foi transferida de escola. Saiu daquela onde lecionava e veio para uma escola pertinho do nosso apartamento. Meu pai mudou-se para um conjunto de salas maior.

Acabei me acostumando no colégio novo-velho. Até que para um prédio velho, tem história: foi tombado pelo Condephaat.

Treze anos. Passei para o oitavo ano nesse mesmo colégio tombado, agora com uma cara mais nova. Marina foi para o sexto, Sabrina para o terceiro. Bom, fui meio raspando, mas fui. Fiquei de recuperação em uma matéria. Rachei de tanto estudar e consegui passar.

O Natal estava chegando e, antes que ele viesse de vez, fomos passar uns dias em Itanhaém, para dar um pouco de sossego à mamãe.

Quando voltamos, encontramos a sala pronta, com nossas botas bordadas, as nossas árvores, o presépio montado, a coroa de Advento. Tudo como antes. Embaixo da minha árvore, um cartão da Bia. Passei a mão no cartão e fui correndo pro meu quarto. Essas coisas são boas pra ler sozinho.

"César, mudei para a nossa casa antiga. Continuo como antes, e você? Estou com saudades! Me liga. O telefone continua o mesmo.

Bia".

Não telefonei, não. Peguei minha bicicleta e fui voando pra casa dela. A sorte é que eu sabia onde era.

Toquei a campainha, morto de vergonha. Mas toquei.

O pai dela veio atender. Tinha uma cara meio brava, mas acabou desmanchando a careta, deu um terço de um sorriso e foi chamar a Bia.

Assim que ela abriu a porta do corredor do lado (eu não quis entrar nem morto!), pulou no meu pescoço, me abraçando.

E foi ai que eu dei o meu primeiro grande beijo (ou foi a Bia quem deu?). Não importa! Só sei que foi bom demais, apesar de ser rapidinho. Não foi desses de arrancar amídala com campainha e tudo... Foi um beijo meio doce, meio salgado, com gostinho de batom de morango. Desde quando ela passava batom vermelho? Desde agora, acho!

Apenas um outro começo

Véspera de Natal. Preparativos para a ceia, um corre--corre danado.

Papai pegou o gravador. Mamãe começou o ritual de sempre, aprendido com a vovó:

— César, quantos anos você tem?

— Treze.

— Como você está se sentindo neste Natal?

— Eu me sinto feliz, mãe. Meio mudado, né?

— Como é que foi de escola?

— Meio apertado... Mas deu pra passar. Prometo que, no ano que vem, não deixo pra última hora.

— Olha lá, hein? — Mamãe piscou.

Continuou com Marina.

— Quantos anos você tem, filha?

— Cê tá cansada de saber, mãe.

Risos.

— Só pra gravar, Marina.

— Onze. E estou feliz porque estamos felizes juntos.

— E você, Sabrina?

— Nove, mãe. Cê não lembra não? Queria ter treze, viu? Por que vocês não me fizeram primeiro?

Mais risos.

Eu tinha uma coisa pra pedir, e antes que começássemos com aquela arrumação, tirar do armário os presentes comprados e tudo o mais que antecede o Natal, pedi:

— Vamos dar uma olhadinha na nossa casa? Soube que começaram a demolir na quarta-feira.

— Agora? — Meu pai perguntou.

— É — respondi.

— Vamos! — Sabrina e Marina repetiram na mesma hora.

Os preparativos da ceia poderiam esperar. O coração da gente, não.

Saímos.

Paramos na frente da nossa casa, que estava quase toda no chão. Senti um nó na garganta. Papai abraçou mamãe. Descemos do carro. Não havia mais portão. Entramos no terreno. Sabrina pegou um tijolo e ficou segurando apertado contra o peito. Marina agarrou um azulejo da cozinha. Fomos andando devagar, passando por cima dos entulhos. A ameixeira ainda estava intacta, carregadinha de ameixas. Peguei uma e provei. Doce como o mel. A laranjeira estava quase toda caída. Que pena!

Já estava escurecendo, mas pude ainda ver a porta do meu quarto, jogada no que havia sido o cercado da Rapa. A maçaneta saiu facilmente.

— Pra que isso? — minha mãe estranhou.

— O que você vai fazer com isso, César? — Meu pai quis saber.

— Não sei — respondi. Talvez um dia ela abra alguma porta de casa, quando eu tiver vontade.

Fomos embora para o apartamento.

Guardo a maçaneta comigo até hoje. Ela não só abre a porta do meu quarto (troquei a nova pela velha), como também abriu a porta do meu coração, para que eu contasse essa história que você está lendo: a história da família do meu pai, da família da minha mãe... A história da minha família, da minha casa, para onde meu pai foi levado, onde também eu vivi e nós todos fomos muito felizes.

Continuo meio danado. De vez em quando brigo com as manas, pleiteio reajuste na mesada, esqueço que já cresci e pulo no colo da minha mãe, lembro que já cresci e discuto política com o meu pai, pego no pé da Albana por causa do namorado babaca que ela arrumou, esqueço que gosto da Bia e dou uma conferida nas garotas por aí, relembro a Bia que ela é minha namorada e neca de ela dar bola pros meus amigos, jogando charme. Continuo me sentindo meio enlatado, ainda. Mas me sinto muito, muito feliz. Mudado, por que não?

Eu sabia que um dia ia acontecer. Todos nós sabíamos. Vovô ligou contando que a Rapa morreu. Disse que morrera de velhice, mas eu sabia, no fundo, no fundo, que tinha sido de tristeza. Eu a tinha visto triste, cabisbaixa, como um “ser humano” mesmo. Foi uma choradeira só. Marina quis saber onde a tinham enterrado, Sabrina perguntou se tinham feito uma oração. Eu não quis saber de mais nada. Nesse dia, fechei a porta do meu quarto, maçaneta velha de guerra, cama de viúvo, e chorei. Ouvi minha mãe chorando, meu pai fungando e as duas completamente histéricas.

A maçaneta da porta abre pedaços tristes de mim. Mas também abre os alegres, como agora. Meu avô telefonou dizendo que ganhou um cachorro da mesma raça da Rapa e que está vindo pra cá com ele.

Ouço umas frases... É mamãe falando:

— Ah, mais um bicho e eu saio de casa! E ainda mais, um cachorro! Ou o cachorro ou eu!...

Não, devo estar enganado! Acabo de ouvir um "Você e o cachorro!", com uma voz grossa, que parece ser a de meu pai.

Abri a porta para "reivindicar meus direitos caninos". Eles acabam de fechar a deles.

Silêncio. Sinal de trégua no pedaço.

— Tudo bem, o cachorro fica. Mas, se crescer muito, eu saio!

Voz da minha mãe. Por que será que ela tem mania de só querer cachorro pequeno?

— Eu garanto, é minúsculo. Deve ser um desses miniaturas.

Voz do meu pai. Só rindo. O meu avô trazendo um cachorro pequeno? Tá bom! Daí a alguns meses vai ser um cachorro normal e não um desses que, se você apertar, quebra.

É hora de ir contar pra Bia as novidades. Acho que vou chamar o cachorro de Bob. É comum, mas eu gosto! Talvez as meninas queiram dar esses nomes bobos como Rex, Totó, Fofo, comprar aquelas roupas ridículas pro coitado... E se for uma cachorra? Eu me recuso a chamar a coitada de Xuxa, Lady ou Gabi. Mas isso vai ser outra história, outro começo!

A PORTA DO MEU CORAÇÃO

Coleção Jabuti Vida

Editora Saraiva

TELMA GUIMARÃES

Apreciando a Leitura

■ Bate-papo inicial

Uma porta tem dois lados: ela defende, não mostra, esconde; mas, ao contrário disso, também pode abrir-se, receber, dar acesso.

A porta do meu coração é do "segundo tipo": através dela, Cesinha nos apresenta sua casa feita de tijolos, telhas velhas, escadaria que balança, um só banheiro, e também de afeto, relações de amor e respeito, laços de carinho, segurança, raízes. Tanto é verdade que a casa velha se transforma em um apartamento e nem por isso seu "conteúdo" se altera.

Uma vez que essa porta está aberta, só nos resta pedir licença e entrar. Vamos lá?

■ Analisando o texto

1. Já que estamos dispostos a entrar na casa de Cesinha, vamos começar devagar; afinal, é preciso primeiro saber onde ela fica...

a) No primeiro capítulo do livro, temos um endereço. Releia-o e complete:

Rua: ____

Bairro: ____________________ Cidade: ________________________

b) A história não se passa em uma grande capital do país. Isso faz com que ela seja parecida com a história da maioria da população brasileira? Ou muito diferente?

R. ____

____

____

____

2. No primeiro parágrafo do texto, o narrador diz que a casa "era sólida como a união das pessoas que a construíram: doutor Geraldo e dona Maria". Ou seja, temos um narrador em terceira pessoa.
Explique o que é um narrador em primeira e em terceira pessoa e reescreva a frase entre aspas acima, empregando um narrador em primeira pessoa.

R. ____

____

____

____

____

____

____

____

3. Na questão 1, falamos que o livro contava a história de Cesinha. Na questão 2, verificamos que um narrador em terceira pessoa apresenta a casa do Dr. Geraldo e de dona Maria.
Olhando a árvore genealógica que ilustra a história, responda:
a) Que relação de parentesco existe entre Cesinha, Dr. Geraldo e dona Maria, isto é, o que um é do outro?
b) Dr. Geraldo e dona Maria são parentes de Cesinha por parte de pai ou por parte de mãe?

R. ____

____

____

____

b) Até o capítulo anterior, a história apresentava a família de Cesinha por parte de pai e tínhamos uma narração em terceira pessoa. Agora, Tânia, mãe de Cesinha, entra na história e ocorre uma mudança de narrador. Que alterações terá a narrativa com um narrador em primeira pessoa?

R. ___

8. Em determinado momento da história, Cesinha, seus pais e suas irmãs mudam-se para a antiga casa dos avós paternos, passando a gostar muito dela.

a) Os filhos do dr. Geraldo e os filhos do dr. César são muito diferentes? Justifique sua resposta.

b) Levante uma característica da casa que revela a idade dela.

c) Levante um fato que comprove que as crianças gostavam muito da casa.

R. ___

9. Quando a família se decide pela mudança para um apartamento, muitas coisas consideradas importantes são levadas, mas várias são doadas, outras são postas no lixo, outras ainda são reutilizadas.

a) Entre as coisas importantes, Cesinha cita uma coleção de Monteiro Lobato e outra de Júlio Verne. Se você conhece esses autores, conte oralmente uma de suas histórias para a turma. Caso não os conheça, faça uma pesquisa sobre os autores e os principais livros que escreveram.

b) A mãe de Cesinha decide reformar alguns móveis e adaptá-los para que tenham outra função. Ela faz isso por economia?

R. ____

____

____

____

____

____

____

____

10. No capítulo "Enterrei meu coração", há três bilhetes manuscritos.

a) Explique a finalidade dos bilhetes.

b) Como podemos perceber, pelos bilhetes, que eles foram escritos por pessoas de idades diferentes?

R. ____

____

____

____

____

____

____

____

Linguagem

11. Várias vezes no texto você encontrou aspas. Avalie os exemplos que seguem e justifique o emprego delas.

a) Acabo de ouvir "Você e o cachorro!"

b) Os canários até que cantavam, mas os lebistes... Nada! Nem um GLUB GLUB GLUB "peixal".

c) Abri a porta para "reinvidicar meus direitos caninos".

R. ____

____

____

____

____

12. O narrador da história, Cesinha, é um garoto. Algumas vezes, a linguagem empregada por ele revela isso. Leia os trechos que seguem, identifique esses momentos e reescreva-os empregando a norma culta.

a) " Vovô ligou contando que a Rapa morreu. (...) Marina quis saber onde tinham enterrado ela, Sabrina perguntou se tinham feito uma oração".

b) "(...) — Bastos, amedronta eles que é pra terem medo de outro assalto e vender a casa por uma miséria...".

R. ____

____

____

Diálogo de textos

13. O livro que você acabou de ler fala de uma família, de uma casa. Se você gosta de música, ouça "Família" do grupo Titãs ou "A Casa" de Vinicius de Moraes e compare as duas com o livro.

14. Em sua cidade existe alguma casa que por uma razão qualquer é conhecida por todos? Em caso afirmativo, converse sobre ela com sua classe. Se você mora em São Paulo, ou já visitou a cidade, por acaso foi à "Casa das rosas" na avenida Paulista? O que sabe sobre ela?

■ Redigindo

15. Durante a leitura, você encontrou a árvore genealógica da família de Cesinha. Analise-a mais uma vez e veja como foi feita.

a) Agora é sua vez de construir a sua árvore genealógica. Antes de desenhá-la sobre urna cartolina, é necessário fazer uma pesquisa. Para isso, você pode consultar em primeiro lugar sua mãe e seu pai. Com cada um deles, descubra os nomes de seus avós e bisavós. Lembre-se de anotar os nomes de todos os seus tios, os nomes de todos os irmãos de seus avós.

16. A casa da rua Emilia teve um papel importante na vida da família de Cesinha, desde os seus avós até ele.
Reflita sobre isso e descubra se em sua familia não há algo assim também; talvez um objeto que tenha passado de geração em geração até estar em sua casa, talvez uma propriedade (como uma casa). Caso haja algo, faça a biografia dos antepassados que foram os primeiros "possuidores" do objeto ou da propriedade, falando sobre a importância do objeto para eles e explicando como passou por outras mãos até chegar à sua geração.

17. No fim da história, Cesinha nos conta sobre o primeiro beijo trocado com Bia, sobre o momento em que descobriu seus primeiros fios de barba, o sutiã de sua irmã mais velha, o batom da mais nova. Ou seja, Cesinha fala sobre o início da adolescência dos três.
Faça uma narrativa de aventura em primeira pessoa sobre um personagem jovem. Conte um fato que seja o marco de sua "saída da infância" e "entrada na adolescência". Lembre-se de mostrar os sentimentos do narrador-personagem.

Escola: ______________________________

Nome: ______________________________

____

Ano: ______________ Número: ____________

Nasci em Marília, São Paulo, e cursei Letras Vernáculas e Inglês na Unesp. Minha família é enorme, maravilhosa, quinze tios e mais de quarenta primos.

Sou professora de Inglês e, além de pintar o sete, o oito e o dezoito com minhas aquarelas, passo a maior parte do tempo escrevendo histórias infantis, juvenis e também histórias em inglês. São mais de cem livros publicados. Também recebi o prêmio da Associação Paulista dos Críticos de Arte de melhor autor em 1988 por *Mago Bitu Fadolento* (Ed. Loyola), várias indicações para o prêmio Jabuti e tenho um livro traduzido para o espanhol.

Assim como a Tânia, tenho três filhos, marido médico e morei num sobrado — com cachorro, peixes, periquitos e tartaruga. Coincidências acontecem! Também tivemos de mudar de casa. Foi então que resolvi abrir a porta do meu coração e contar a história de César, que é um pouco parecida com a minha própria, com a sua, com os recomeços e as mudanças de tantas famílias, tantos adolescentes!

Homepage: <http://www.telma.com.br>.

COLEÇÃO JABUTI

Adivinhador, O
Amazônia
Anjos do mar
Aqui dentro há um longe imenso
Aventura na França
Awankana ✏☆⌖
Baleias não dizem adeus ✻⌖🕮○
Boa de garfo e outros contos ◆✏⌘⌖
Bonequeiro de sucata, O
Borboletas na chuva
Botão grená, O ▼✏
Braçoabraço ▼⚐
Caderno de segredos ❑◎✏🕮⌖○
Caras encaradas
Carrego no peito
Carta do pirata francês, A ✏
Casa de Hans Kunst, A
Cavaleiro das palavras, O ★
Cérbero, o navio do inferno 🕮☑⌖
Charadas para qualquer Sherlock
Chico, Edu e o nono ano
Clube dos Leitores de Histórias Tristes ✏
Com o coração do outro lado do mundo ■
Conquista da vida, A
Contos caipiras
Da costa do ouro ▲⌖○
Da matéria dos sonhos 🕮☑⌖
De Paris, com amor ❑◎★🕮⌘⊠⌖
De sonhar também se vive...
Debaixo da ingazeira da praça
Delicadezas do espanto ✪
Desafio nas missões
Desafios do rebelde, Os
Deusa da minha rua, A 🕮⌖○
Devezenquandário de Leila Rosa Canguçu ✈
Dúvidas, segredos e descobertas
É tudo mentira
Enigma dos chimpanzés, O
Enquanto meu amor não vem ●✏⌖
Escandaloso teatro das virtudes, O ✈☺
Espelho maldito ▼✏⌘
Estava nascendo o dia em que conheceriam o mar
Face oculta, A
Fantasmas ⌖
Firme como boia ▼⌖○
Florestania ✏
Furo de reportagem ❑✪◎🕮⚐⌖
Goleiro Leleta, O ▲
Guerra das sabidas contra os atletas vagais, A ✏
Histórias do mundo que se foi ▲✏✪
Homem que não teimava, O ◎❑✪⚐○
Ilhados
Ingênuo? Nem tanto...
Jeitão da turma, O ✏○
Lelé da Cuca, detetive especial ☑✪
Leo na corda bamba
Lia e o sétimo ano ■✏
Lobo, lobão, lobisomem
Machado e Juca †▼●☞☑⌖
Mágica para cegos
Mariana e o lobo Mall
Márika e o oitavo ano ■
Mataram nosso zagueiro
Matéria de delicadeza ✏☞⌖
Melhores dias virão
Memórias mal-assombradas de um fantasma canhoto
Menino e o mar, O ✏
Miguel e o sexto ano ✏
Minha querida filhinha
Miopia e outros contos insólitos
Mistério de Ícaro, O ✪⚐
Mistério mora ao lado, O ▼✪
Mochila, A
Motorista que contava assustadoras histórias de amor, O ▼●▤⌖
Muito além da imaginação
Na trilha do mamute ■✏☞⌖
Não se esqueçam da rosa ♠⌖
Nos passos da dança
Oh, Coração!
Outros quinhentos
Perseguição
Porta a porta ■▤❑◎✏⌘⌖
Porta do meu coração, A ◆⚐
Primavera pop
Primeiro amor
Que tal passar um ano em um país estrangeiro?
Quero ser belo ☑
Redes solidárias ◎▲❑✏⚐⌖
Reportagem mortal
Riso da morte, O
Romeu@julieta.com.br ❑▤⌘⌖
Sabor de vitória ▤⌖○
Sambas dos corações partidos, Os
Sardenta ☞🕮☑⌖
Savanas
Sendo o que se é
Sete casos do detetive Xulé ■
Só não venha de calça branca
Sofia e outros contos ☺
Sol é testemunha, O
Sorveteria, A
Surpresas da vida
Táli ☺
Tanto faz
Tigre na caverna, O
Triângulo de fogo
Última flor de abril, A
Um anarquista no sótão
Um balão caindo perto de nós
Um dia de matar! ●
Um e-mail em vermelho
Um sopro de esperança
Um trem para outro (?) mundo ✖
Uma janela para o crime
U'Yara, rainha amazona
Vida no escuro, A
Viva a poesia viva ●❑◎✏🕮⌖○
Viver melhor ❑◎⌖
Vô, cadê você?
Yakima, o menino onça ☝✍○
Zero a zero

★ Prêmio Altamente Recomendável da FNLIJ
☆ Prêmio Jabuti
✻ Prêmio "João-de-Barro" (MG)
▲ Prêmio Adolfo Aizen - UBE
✎ Premiado na Bienal Nestlé de Literatura Brasileira
☛ Premiado na França e na Espanha
☺ Finalista do Prêmio Jabuti
☝ Recomendado pela FNLIJ
✖ Fundo Municipal de Educação - Petrópolis/RJ
✪ Fundação Luís Eduardo Magalhães
● CONAE-SP
⌖ Salão Capixaba-ES
▼ Secretaria Municipal de Educação (RJ)
■ Departamento de Bibliotecas Infantojuvenis da Secretaria Municipal da Cultura/SP
◆ Programa Uma Biblioteca em cada Município
❑ Programa Cantinho de Leitura (GO)
♠ Secretaria de Educação de MG/EJA - Ensino Fundamental
☞ Acervo Básico da FNLIJ
✈ Selecionado pela FNLIJ para a Feira de Bolonha
✏ Programa Nacional do Livro Didático
🕮 Programa Bibliotecas Escolares (MG)
✍ Programa Nacional de Salas de Leitura
▤ Programa Cantinho de Leitura (MG)
◎ Programa de Bibliotecas das Escolas Estaduais (GO)
† Programa Biblioteca do Ensino Médio (P
⌘ Secretaria Municipal de Educação/SP
⊠ Programa "Fome de Saber", da Faap (SP)
⚐ Secretaria de Educação e Cultura da Bah
○ Secretaria de Educação e Cultura de Vitó